LA FORMA DEL TIGRE

LP5
EDITORA

Carlos Patiño

LA FORMA DEL TIGRE

L P 5
EDITORA

Tigre tigre, de ardiente brillo
en los bosques de la noche:
¿qué ojo o mano inmortal?
pudo concebir tu aterradora simetría?

William Blake

PRÓLOGO

AÑO DE LA SERPIENTE, 1953

TEMPLO DEL SUR, CHINA

«No hay lugar para dos tigres», se dijo Hu al extender el papel de seda y observar el grabado de las cuatro técnicas-puente por primera y única vez. Leyó los caracteres, interpretó las ilustraciones e intentó memorizarlas. No descifró el *Báihǔ Kyun*. Se limpió el sudor de la cara con la manga de su chaqueta blanca para así evitar que alguna gota cayera en el manuscrito. Hizo un esfuerzo inútil por calmar su jadeo incesante.

Poco faltaba para el retorno de los monjes desde Hong Kong, lugar de las exequias del maestro Chen. Había muerto el guardián y custodio de los documentos privados del venerable padre Lam Sai Wing. Para los monjes, sería inevitable una pugna por el resguardo de sus papeles secretos, varios de los cuales se hallaban ocultos en el templo del sur.

Hu enrolló el manuscrito y lo ató de nuevo con cintas rojas. Levantó la lámpara para echar un vistazo rápido al salón circular de piedra y madera. A la luz de la llama, el Salón de los Guardianes Celestiales parecía un junco de vela abarrotado de mercancía, con sus dos estatuas de los asistentes guerreros de Buda repletos de ofrendas.

Un ruido seco la paralizó como el veneno de una serpiente. La puerta se abrió haciendo pedazos la tabla que la aseguraba desde adentro, y dejó ver las siluetas de tres hombres.

«Guardianes», pensó, notando que su piel se erizaba.

—¿Quién anda ahí? ¿Eres tú, Hu?

Reconoció la voz gélida de su maestro. Hilos de plata nocturna se filtraron a través de la puerta rota. Arrojó la lámpara, que cayó sobre un fardo de telas. Guardó el manuscrito en uno de sus bolsillos y tomó el largo bastón de bambú con una punta de lanza que yacía en el piso.

—¡Tú conoces la pena por profanación, muchacha! —dijo otro de los hombres vestido de uniforme cruzado naranja. La apuntó desde las sombras con una afilada lanza. Un pequeño fuego empezó a arder sobre las telas y alfombras del salón, cubiertas del aceite derramado de la lámpara de Hu.

—Ven aquí, hija, y entrégame los sutras con las técnicas secretas del venerable padre.

La joven dudó un instante. Su maestro la miraba impasible y le extendía la mano abierta, desarmada.

—Lo siento, *sifu*.

Hu avanzó blandiendo el bastón-lanza con pericia, buscando abrirse paso entre los Guardianes. La escasa iluminación no le permitió reaccionar a tiempo de evitar el roce de otra lanza en su cara. Sintió el frío corte en la piel y se dejó caer, evitando que el metal la traspasara. Desde el piso, barrió con su pierna al robusto guardián, que resbaló. Su cabeza pegó contra el suelo. Impulsada desde la inercia de la postura baja, se alzó con el bastón-lanza bloqueando el ataque de otro de los hombres, armado con una espada.

Detuvo el sablazo, pero el impacto hizo que un calambre le recorriera el brazo mientras su bastón vibraba.

«¡Resiste, hierba de acero!».

—¡Entrégate, Hu! —le gritó el guardián que parecía dominar el choque de las armas apoyado en una sólida postura de arquero. El bastón estaba a punto de romperse, pero Hu soltó su mano izquierda con rapidez y alcanzó a atenazar el cuello del rival. Apretó los dedos en torno a la garganta, curvándolos como un felino que fuera a desgarrar arterias y músculos. El guardián fue cediendo hasta desplomarse. Un humo denso y picoso se esparció por el salón.

—Solo quedamos tú y yo, hija. No me das opciones.

Su *sifu*, su maestro, había desenfundado dos sables de hoja ancha. Llevaba uno en cada mano, tomándolos por los mangos curvos de madera, tensando los brazos delgados y nervudos. Las gotas de sudor resbalaban desde su cráneo, calvo.

—Sentí la llamada, *sifu,* y ustedes me vetaron por ser mujer…

«Solo que ahora no estoy segura de haber hecho lo correcto», pensó. Y continuó:

—No pude descifrar la forma suprema.

La mitad del rostro de Hu estaba cubierto por la sangre del corte de lanza que goteaba hasta su ropa. Una lágrima reprimida amenazaba con escapar de su ojo derecho. Las llamas habían alcanzado la estructura de madera ensamblada, y un toque de campanas imprevisto, proveniente del exterior, reverberó en las paredes del recinto.

«Han descubierto el asalto…, o el incendio», pensó.

—El *hung gar* es un estilo para hombres fuertes. Aun así, a tu corta edad, eres mejor que cualquier maestro de este templo —El maestro enfundó sus dos sables—. Si no eres tú quien puede descifrarlo… ¡Vete y encuéntralo!

Hu arrojó su hierba de acero al piso y corrió fuera del recinto sagrado sin detenerse al pasar junto a su maestro. Al salir, vio a través de sus cabellos negros, que se enmarañaron en su cara por la súbita brisa, la sombra de una docena de monjes. Se acercaban desde el patio de estatuas que empalmaba con las otras edificaciones del monasterio. Siguió su carrera mientras el incendio tomaba cuerpo devorando con su lengua de dragón otros espacios aledaños. Su *sifu* arrastraba fuera del recinto a uno de los Guardianes abatidos. Decidió no seguir mirando atrás. Se refugió en lo oscuro.

Buscó la única vía de escape posible. Se adentró en el bosque de pinos para luego bajar por los senderos antiguos de la escarpada montaña. Atravesó casi a ciegas los remotos surcos de los campos de arroz, los hierbajos, pantanos y carreteras cenagosas, con el pecho agitado y sin percatarse de que estaba llorando.

«No puedo evitar mi destierro», pensó.

El tañer de campanas se había apagado, pero siguió corriendo. El escozor del humo no cedía. Recordó la vez en que su *sifu* la llevó a conocer los barcos. Tendría que caminar días y noches enteras para llegar al puerto y desde allí partir a rumbo desconocido. Cuando las piernas le flaquearon, se detuvo a tomar aire y revisó sus bolsillos. Se dio cuenta, horrorizada, de que el manuscrito no estaba. Se le había caído en el fragor del combate y, seguramente, ya estaría calcinado.

LIBRO PRIMERO

SOMBRA

Duda de todo. Encuentra tu propia luz.

Buda Gautama

I

AÑO DE LA RATA, 2008

BARRIO LA COBRA, VENEZUELA

Una lluvia intermitente azotaba el barrio y caía en ráfagas sobre la antigua cancha de básquet, sin aros y sin jugadores. Era noche cerrada y los Pegadores ejercían control de su zona. A cincuenta metros de la cancha, dos siluetas custodiaban la entrada del callejón de acceso. La cima del cerro, usual mirador de las calles empinadas y de los ranchos de bloque con techos de zinc, era una pared de neblina. A esa hora solo se distinguían bombillitos en la distancia como luces de un pesebre gigante.

Mustang y Miky cruzaron la línea lateral de la cancha, luego de ingresar por la reja ubicada junto a las gradas grises, y empujaron a sus cuatro prisioneros al centro de la rueda humana congregada allí. Los desataron y les quitaron las capuchas. Hacia ellos avanzó un hombre alto y corpulento, con un ajustado collar de cuero rematado con puntas de hierro. Los demás se apartaron abriendo la rueda, dándole paso.

—¿Esta es la banda de los Invisibles? Creo que no para nosotros —El hombre del collar soltó una carcajada que iluminó sus oscuras facciones—. ¡Se comieron la luz en mi zona y eso se paga con coliseo!

La muchedumbre que los rodeaba empezó a lanzar vítores y silbidos coreando la sentencia.

—¡Co-li-se-o! ¡Co-li-se-o! ¡Co-li-se-o!

El hombre del collar hizo un gesto con la mano derecha, tatuada en el dorso con la cara de un *bulldog* de colmillos afilados. La lluvia salpicaba en su cráneo rollizo, en las puntas metálicas alrededor de su cuello y en su chaqueta deportiva roja. Todos callaron.

—Les corresponde por derecho a Miky y a Mustang cobrar este coliseo. Ellos encontraron las ratas…

—¡Perdónanos, Perro! ¡No nos mates, líder! —imploró uno de los Invisibles. Mustang lo vio arrodillarse a tres pasos de él, y se figuró que el imberbe, de pelo afro y pelusilla rala sobre los labios temblorosos, difícilmente llegaría a la mayoría de edad.

—Los Pegadores resolvemos las culebras a puño limpio. Si ganan, viven y venden esa droga para mí —El hombre del collar lo alejó de una patada—. ¡Levántate!

—¡Perro! —intervino Mustang alzando la voz—. El Brujo no haría un coliseo a muerte con estos pichones y menos por droga —La capucha del suéter negro le cubría la cabeza y parte del rostro—. Lo nuestro es el robo de carros…

—El Brujo está preso y ahora mando yo —respondió el hombre del collar señalándose a sí mismo con el pulgar—. ¡Enséñales, Miky!

Miky se quitó la franelilla mojada y se puso en guardia flexionando los brazos, acatando las órdenes del Perro. Subió los puños a la altura del rostro, los antebrazos en paralelo como bloques cubriendo el torso tatuado con una cara de diablo, los cuernos negros que le llegaban a los hombros, los ojos en el pecho con forma de lápidas y la boca abierta en una sonrisa de cuchillos tinturados sobre los músculos definidos del abdomen. A un lado del cinturón llevaba un cuchillo de caza y, al otro lado, una pistola.

Los rehenes retrocedieron al ver a Miky tensar sus músculos y sonreír con sus dos incisivos enormes como paletas, pero fueron empujados de nuevo al coliseo por brazos anónimos salidos de la rueda humana. Miky adelantó su pierna izquierda, giró con rapidez la punta del pie derecho y, con el brazo del mismo lado, lanzó una recta a la cara de uno de los Invisibles, noqueándolo directo al piso. Otro intentó defenderse y recibió un sólido *upper* en el mentón, cuyo trayecto culminó en el instante en que la cabeza del hombre pegó en el concreto con un sonido apagado que amortiguó el agua.

—¡Tu turno, Mustang!

—Ya te dije que no voy a joder a nadie, Perro —respondió Mustang.

Miky frunció el ceño y se volteó hacia él.

—¡No te metas, Miky! —advirtió Mustang sin descuidar la guardia. Miky se mantuvo atento como un soldado esperando órdenes. Los rehenes que quedaban en pie temblaban en silencio.

—Déjamelo a mí —intervino el Perro—. Me tiene harto. ¡El Brujo no es nadie ya!

La multitud en la rueda silbó y aplaudió. Miky escupió y se hizo a un lado.

—¡El Brujo es tu hermano, cabrón! —replicó Mustang.

El aguacero arreciaba y, por un instante, un relámpago iluminó la cancha. El Perro sacó de su chaqueta impermeable un estuche de metal y extrajo dos manoplas de acero que ajustó a sus nudillos. Sin mediar palabra, asestó dos golpes cruzados partiendo los cráneos de los dos Invisibles que habían quedado en pie. Los cuatro rehenes yacían desparramados en el piso de concreto, y su sangre fluía en los charcos de lluvia. El Perro lanzó dos golpes más que fueron esquivados por Mustang. La capucha y las gotas que de ella chorreaban no le permitían al Perro observar la expresión de su cara.

—¿Te crees mejor que yo? —rugió con los ojos desorbitados—. ¡Mal parido! ¡Hijo de…!

Mustang no lo dejó terminar. Le encajó un puñetazo en la mandíbula que casi lo derriba. El Perro se recompuso apretando los dientes, saboreándose la sangre en la boca. Tomó su collar con la mano tatuada y le arrancó una de las púas. Un polvillo negruzco salió expelido. De súbito, a Mustang le entró un ardor por la nariz con olor a tierra de cementerio y un sabor a cenizas que le bajó por la garganta. La cabeza le dio vueltas mientras observaba, aturdido, cómo la manopla del Perro se acercaba antes de partirle la cara. Un único pensamiento cruzó su mente antes de que las patadas y puños sellaran la oscuridad sobre él, como la tapa de un ataúd: «Me echó polvo de muertos…».

Una avalancha de codos, rodillas y nudillos vapulearon su humanidad. Manos que le arrancaron la ropa y sangre salpicando los rostros de hienas carroñeras.

—Llévense los cuerpos y los tiran por el barranco. Incluido este —ordenó el Perro, señalando a un Mustang irreconocible, desangrándose en el piso.

II

AÑO DEL BÚFALO, 2009

CLUB SOCIAL CHINO, CARACAS

Zhang mojaba en salsa de soja un bollo de masa *jiaozi* relleno de cerdo, cuando fue sorprendido con el anuncio de un participante no registrado en el programa. Como responsable de la seguridad del embajador, esos detalles no podían escapársele. Devolvió el *jiaozi* al plato *dim sum* que ocupaba su mesa. Soltó los palillos y cogió el té de jazmín con sus manos enguantadas, aguardando por el inesperado participante. Las improvisaciones le quitaban el apetito.

Ya se habían presentado exhibiciones de una docena de escuelas, destacando la ejecución de esquemas de los estilos *chow lee fut* con el caballo de las cinco ruedas, del estilo *pa hok pai* y su grulla blanca tibetana, y la escuela dragón con su forma de la carrera en el viento. Este último estilo fue representado por uno de sus antiguos pupilos cuando enseñaba en el club, *sifu*

Boris, quien hasta el momento había sido el más aplaudido por los invitados.

Era el turno del desconocido. Lo presentaron como Dago. Las mujeres de vestidos largos de gala y los hombres de traje y corbata, lo miraban con atención desde sus asientos. Caminó hacia la tarima de madera. Se le vio encandilado. Vestía kimono negro con camisa blanca de cordones, cerrada hasta el pecho. Usaba las mangas anchas dobladas alrededor del antebrazo.

Zhang ubicó una joven de protocolo, de pie cerca de su mesa, con un identificador guindado al cuello. Le pidió que se acercara. La chica sonrió y se deslizó grácil hasta la mesa.

—¿En qué puedo ayudarlo?

—Revise la última versión del programa y me indica de qué escuela viene el desconocido, ese que acaban de anunciar.

—Con gusto. Aguarde un minuto.

La joven se retiró y Zhang volvió su mirada a la tarima. El recién llegado se detuvo en el centro del escenario, a distancia suficiente de los exuberantes arreglos florales rosáceos y violetas, a cada lado del entablado. Quedó justo debajo de dos lámparas cilíndricas, color naranja, decoradas con el patrón de la cereza y la flor de loto. A su espalda, una enorme bandera roja con estrellas amarillas cubría la pared. Los mechones de cabello le caían en la frente. Una barba recortada en forma de candado le cubría el mentón y le rodeaba la boca.

«Buena postura. Brazos y piernas fuertes. Buen comienzo», pensó Zhang, empezando a mostrar interés por el desconocido de nombre Dago.

La chica de protocolo se acercó con sigilo. Trató de no perturbarlo, pero ya Zhang había percibido su presencia. Giró la cabeza y la miró a los ojos. La chica no le sostuvo la mirada.

—El participante de nombre Dago viene de una escuela del Parque del Este.

—¿Cuál escuela?

—Disculpe, señor, no aparece el nombre.

—*Xièxiè*... Gracias.

El desconocido clavó la vista en el embajador, quien, despreocupado y estoico, bebía un humeante té *oolong,* saludando a los invitados con un leve movimiento de cabeza. Zhang encendió las alarmas. Le indicó la alerta con señas a uno de los escoltas, con visual, tanto de la tarima como del diplomático. Este asintió. Hizo una llamada ininteligible desde su radio. «¿Cómo he permitido una brecha de seguridad?», se preguntó. Los eventos diplomáticos estaban muy bien planificados, algo aquí no encajaba. Sin duda habría consecuencias.

«Un momento», reflexionó Zhang percatándose del error. «¡No está mirando al embajador sino a la señorita Meiling!».

La hija del embajador le hizo un breve gesto con los dedos de la mano a Dago. Luego tomó su cámara, la acercó a su cara y empezó a tomarle fotos.

«Se conocen. Ella lo ingresó». El anciano jefe de seguridad alzó las cejas y negó con la cabeza. Bajó la alerta, el escolta captó el cambio de señas. Buscó sus palillos para atacar de nuevo los bollos que se enfriaban junto a la sopa de vegetales, cuando un grito lo sobresaltó de nuevo.

—¡*Fu hok seung ying kyun!*

El amigo de la señorita Meiling alzó los brazos, inspiró llenando sus pulmones y resopló sin prisa, mientras bajaba las manos a los lados como si hundiera el peso del aire en la tierra. Saludó en postura baja. Zhang se percató de que la imponente apertura había deslumbrado al público. Inició con avances rápidos y golpes que cortaban el aire. Garras de tigre y pico de grulla. El silencio se apoderó de la sala. El anciano se inclinó hacia delante, incrédulo. Tensiones firmes, simétricas, bloqueos acompasados. Patadas cortas. La madera del piso crujía con cada paso. Barridas al suelo. Potentes giros hacia adelante y hacia atrás.

El escolta del embajador se fue apartando de su posición. Apagó la radio. Se acercó con sutileza a la mesa de Zhang. Entretanto, el desconocido regresó al punto de salida, al centro de la tarima, con un enérgico salto que dio fin al vívido combate de sombras que distaba de parecer imaginario. Zhang contempló a la audiencia aplaudir de pie haciendo loas al tal Dago.

—¿Quién es? ¿De dónde salió? —susurró el viejo jefe de seguridad desde su silla, apartando definitivamente la comida con sus manos regordetas entalladas en guantes negros.

—Vino por su cuenta —respondió el escolta en voz baja.

—Sí, eso ya lo sé.

—Lo vimos saludar a la señorita Meiling. Al parecer, vino a impresionarla.

—El sorprendido fui yo. No había visto una ejecución tan magistral de *hung gar* desde los tiempos de... ¡Tiene que ser su discípulo!

—¿Qué hacemos, *sifu* Zhang?

Zhang se limpió la boca, arrojó la servilleta de tela en la mesa y se levantó de la silla con asombrosa agilidad, impropia de su figura y edad.

—Síganlo. El embajador no debe saber nada de esto.

III

AÑO DEL BÚFALO, 2009

PARQUE DEL ESTE

Mustang detuvo su carrera al llegar a la explanada. El parque era un remanso excepcional, una barcaza segura en el mar de tiburones caraqueño. La vegetación, la fauna y la gente daban tregua a la violencia y el caos circundante. A esa hora de la tarde, el naranja del cielo cedía el paso a un breve destello dorado que bañaba el verde de las altas palmeras y de los viejos bucares reflejados en sus lagunas.

Llegar al Parque del Este era cargarse de energía. Su rutina consistía en estacionar la moto, cambiarse la ropa por un conjunto deportivo, y trotar entre las seis de la tarde y siete y media de la noche con su morral a cuestas. Mientras, observaba el entrenamiento de una veintena de escuelas de artes marciales, dispersas en el parque: el contundente kárate japonés, la acrobática capoeira brasileña, el efectivo taekwondo coreano, el fluido *tai chi chuan*. Pero, desde que descubrió en el patio norte al grupo uniformado con pantalón de tela negra, franela blanca y faja ancha amarrada a la cintura y anudada del lado izquierdo, supo que eso era lo que buscaba.

Llevaba días viéndolos de lejos. No era la acrobacia vistosa ni la rapidez abrumadora de otros estilos, sino la fuerza que emanaban con cada movimiento. Unos tipos que, sin rodeos, acabarían una pelea de un solo golpe. Justo lo que necesitaba para su revancha contra los Pegadores. Además, aquí nadie lo conocía, podía usar su verdadero nombre. Ser Martín y no Mustang, el Pegador al que el Perro y el Miky daban por muerto.

Esperó a que terminaran de entrenar con unas gruesas cadenas alrededor de los antebrazos y bajó las escaleras. El patio estaba oscuro. Lo vieron de reojo, pero nadie dijo nada. Dudó un instante y, finalmente, preguntó.

—¿Qué tal, panas?, ¿qué practican aquí?

El mayor de los hombres hizo señas a uno más joven, de barba recortada y no muy alto, de complexión fuerte, que contestó con cortesía y sin entusiasmo.

—Buenas noches, amigo. *Kung-fu* del sur de China.

—¡Ah!... ¿Y si quisiera entrenar con ustedes, cómo se hace?

—¿Y tú quién eres?

«Soy Martín, no Mustang», se dijo antes de responder para no equivocarse.

—Me llamo Martín.

La noche caía y era difícil distinguir los rostros, pero el silencio hostil era más que suficiente señal. El hombre joven se cruzó de brazos, produciendo un ruido metálico al hacer chocar los eslabones de las cadenas, antes de contestar:

—Para entrenar en esta escuela debes venir recomendado. Luego te inscribes y vienes tres días a la semana de cinco a ocho.

«Este me quiere rebotar», pensó Martín.

—¿Y el uniforme?

—Esto es *hung gar*, no el Miss Venezuela. Con franela blanca y un mono de ejercicios negro basta.

—Vale. *Kung-fu* del sur, ¿no? —insistió, sosteniéndole la mirada.

El hombre suspiró desviando la vista hacia el mayor, que asintió con la cabeza.

—*Kung-fu* del templo Shaolin del sur, estilo *hung gar*… Boxeo chino del tigre y la grulla, si te parece más fácil —entrecerró los ojos y bajó la voz—. ¿Alguien te habló de nosotros?

—No —respondió Martín negando con la cabeza—. Los vi entrenar. He boxeado y me parece que tienen *flow,* pero qué va, no conozco a nadie que me recomiende. —Martín volvió sobre sus pasos entre avergonzado y molesto por la evasiva.

—¡Eh! ¡Moreno! Espera… Podemos hacer una excepción con un boxeador siempre que aguantes un mes. Ven el miércoles y probamos.

Martín, sin darse vuelta, extendió el dedo pulgar en señal de acuerdo, se subió la capucha del suéter y regresó trotando a la explanada, convencido de haber dado el paso correcto para lo que tenía planeado.

***

El grupo vio cómo el nuevo aspirante se marchaba. Uno de los jóvenes de la escuela, el más robusto, interrogó a su compañero que volvía con paso firme y la franela bañada en sudor.

—¿Y bien, Dago? Parece que tiene actitud. ¿Crees que vuelva?

—Es probable, J.J., lo he pillado desde hace días viendo el entrenamiento desde arriba, pero no pasará el mes de prueba. Apuesto la punta de mi lanza contra tu sable.

—¡Hecho! —respondió J.J., frotándose las manos. Dago asintió con la cabeza.

El mayor de los hombres aplaudió dos veces, en una llamada de atención cortante, y señaló el centro del patio poniendo fin a la conversa. Se formaron en tres filas de dos personas, los mayores adelante. Luego de una pausa silenciosa, reanudaron el entrenamiento.

Unos metros más allá, oculto entre la penumbra y los árboles que bordeaban el patio, un hombre de rasgos orientales miraba la clase. Vestía un traje azul con camisa blanca desabotonada en el cuello sin corbata, desentonando con la indumentaria deportiva predominante en el parque. Sacó su teléfono celular de un estuche de cuero enganchado en su correa. Notó sus manos sudorosas, una reacción usual cada vez que debía llamar al jefe. Cargaba puesto el anillo circular con el talle, en el centro rojo, de un tigre de rayas negras y rojas, el cual jamás usaba delante del embajador en su trabajo de escolta. Inhaló profundo y exhaló lento antes de marcar el número.

—Buenas noches, señor Zhang. Lo ubicamos, al tal Dago. Entrena con un grupo en Parque del Este, no muy lejos de la escuela de su antiguo alumno Boris.

—¿Cuál rama de *hung gar*? —se oyó al otro lado de la línea.

—La línea de Lam Sai Wing, señor Zhang.

Se hizo un breve silencio donde solo se escuchaba la respiración del jefe. El escolta sabía que debía esperar callado. Una gota de sudor frío le empezó a bajar por la espalda como si alguien le hubiera metido un hielo en la parte de atrás de la camisa.

—Buen trabajo —respondió Zhang luego de aclararse la garganta, y colgó.

IV

LA ESCUELA FU HOK

El primero que lo vio llegar fue el mismo tipo que había intentado rebotarlo. No se detuvo. Eran las cinco en punto e iniciaban la rutina de calentamiento. Iba vestido con pantalón deportivo negro, los zapatos de goma desgastados que usaba para trotar y una franela blanca con el cuello en uve. Se acercó al tipo, que detuvo su faena.

—Epa, *bróder*, vengo a inscribirme.

El tipo le esbozó una media sonrisa y señaló al mayor de los hombres.

—Habla con el maestro.

—¡Bienvenido! —dijo el maestro—. Deja tu morral junto a los nuestros y ven a calentar.

Los seis bolsos se encontraban uno junto al otro apoyados en el tronco de un espléndido jabillo sembrado a la vera del patio de concreto. El patio ocupaba el doble que la cancha de básquet donde aprendió boxeo. Se quitó el morral azul que guindaba en su hombro izquierdo y lo puso junto al árbol espinoso. Era el punto de referencia que marcaba el territorio de la escuela. Se acercó a los demás, en el centro del patio.

—¿Cómo te llamas?

—Martín.

«Conocido como Mustang», pensó sin demostrar la amargura que le causaba recordarlo.

—Bien, Martín. Yo soy Dago, no *epa* ni *bróder*. Los señores son los maestros: Reinaldo, quien ya te dio la bienvenida, y Aníbal —dijo señalando a los mayores, que, al igual que la vez anterior, tenían cadenas enrolladas en los antebrazos—. Y ellos son J.J., Eloísa y Pablo. Esta es nuestra escuela de *hung gar*, la Escuela Fu Hok —concluyó, apuntando con su mano los alrededores del patio norte. El resto asintió en señal de saludo.

—Y Dago es el hermano mayor de ustedes por antigüedad, de ahora en adelante tu *sijing* —intervino el otro maestro, Aníbal, mirándolo de arriba abajo con el ceño fruncido. Era un poco más joven que Reinaldo, el hombre mayor. Su aspecto hosco le hizo recordar a los Pegadores más viejos del barrio La Cobra.

—Es la primera vez que practico esto —dijo Martín al escuchar las reglas.

—Ya aprenderás —contestó Dago, mientras se volteaba con discreción hacia J.J., recordándole la apuesta con un gesto que simulaba un sable.

Estiraron los músculos y articulaciones desde los pies, las piernas y las caderas, pasando por la espalda, el pecho, los brazos y el cuello. Luego calentaron dándole cinco vueltas al patio. Martín imitó todos los movimientos. Al finalizar, los maestros se colocaron al frente y se dirigieron a todos. Reinaldo, más alto, a la derecha, y Aníbal a la izquierda.

—El *chi* sea uno con nosotros —saludaron los maestros.

—¡Con todos! —exclamaron los demás.

De inmediato, el maestro Aníbal señaló a Eloísa y a Pablo, los menores del grupo. Ambos dieron un paso al frente.

—Combate, muchachos —anunció el maestro Reinaldo con una sonrisa.

Martín aprovechó para ir a buscar el agua que tenía en su bolso bajo el jabillo. Tenía la garganta seca. Sacó la botella, y empezó a desenroscar la tapa en el momento que la voz de Dago lo detuvo.

—¡Hey! Esto no es un gimnasio de boxeo. Aquí se entrena sin beber agua.

«No jodas, me muero de sed y este parece policía», pensó Martín, e intentó no mostrar su descontento.

—No sabía.

—Traga saliva.

Eloísa y Pablo se saludaron estirando los brazos, la mano izquierda en forma de garra por detrás del puño derecho. Pablo asumió una expresión arrogante, como preguntándose por qué debía pelear con una chica. Eloísa resopló sin disimulo, arqueando las cejas.

Ambos adoptaron una postura defensiva y se inició el combate. Al principio, fueron toques prudentes, midiéndose el uno al otro, pero Eloísa, que era mucho más acuerpada que el delgado Pablo, lo hacía retroceder, avasallándolo; hasta que Pablo se acercó esquivando un ataque con agilidad, la tomó por el brazo y le aplicó una llave. La derribó hacia el piso de concreto, haciéndola caer de espaldas. La caída sonó como el restallido de un cuero seco sacudido contra la pared. Martín endureció la mirada al percatarse de la sonrisa triunfal de Pablo. Eloísa se levantó limpiándose el pantalón y volvió a cuadrarse.

—¡Más cuidado, muchachos! ¡Sigan! —les ordenó Reinaldo—. J.J., veamos qué trae el nuevo.

Mientras el otro combate continuaba, J.J. y Martín se cuadraron también. Dago se acercó a ellos.

—Nuevo, pelea lo que sabes. J.J., ve con cuidado —indicó Dago, volviendo a donde estaba Reinaldo. Aníbal vigilaba el otro combate.

Martín se pasó ambas manos por la cabeza rapada y subió la guardia como un boxeador mientras su frente se marcó de sudor. A su vez, J.J. estiró el brazo izquierdo, la mano abierta a la altura del rostro. Arqueó el otro brazo, la mano rozando el codo contrario, una defensa cuya forma semejaba al número cuatro. Ambos se miraron fijamente.

«Este gordo *Kung-fu* Panda no me intimida».

—¡Atácame! —le gritó J.J.

De inmediato, Martín lanzó un *swing* con la zurda que rozó el hombro de J.J., seguido de un gancho con la derecha. J.J. retrocedió recibiendo un golpe en el costado.

—Eres rápido... Muy rápido —dijo J.J. sobándose el golpe—. ¿Boxeas en una escuela?

—En la calle, *bróder*.

—Bien. ¡Ahora defiéndete!

Martín intentó repeler el ataque de J.J., pero no pudo anticipar los golpes. Su forma de avanzar lo descolocó por completo. J.J. le asestó un toque en el mentón apenas marcando, y Martín rechazó el gesto con violencia deteniendo el combate.

J.J. saludó, y el maestro Reinaldo le hizo señas para que se apartara a practicar sus esquemas.

—¿De dónde salió este tipo, Rei? —preguntó Dago en voz baja sin que eso evitara que Martín lo oyera.

—El tipo es bueno, solo le falta autocontrol —intervino el maestro—. Queda saber si está dispuesto a aprender el estilo.

—A eso vine —respondió Martín volviéndose hacia los dos, todavía agitado por el combate.

—Muy bien. Si es así, ve con Dago a que te enseñe las posturas básicas. Una casa se construye desde las bases.

—Gracias, jefe.

—Gracias, maestro —le corrigió Dago.

Martín abrió la boca para decir algo, pero se limitó a asentir.

—Gracias, maestro —dijo entre dientes.

V

LOS CUATRO SENDEROS DEL MAL

Los tipos buscaban problemas. Martín lo presintió. Últimamente, sus sentidos se habían afinado. Tomó un sorbo de cerveza, encendió un cigarrillo y frotó la punta del taco con tiza. A fin de cuentas, El Siberiano no era un antro muy decente, con sus mesas de billar de paño azul desteñido, sus viejos ebrios en los rincones y su ambiente gris humo.

Eran cuatro. Jugaban bola ocho en la mesa de al lado. Tipos escandalosos, de actitud malandra. Nada nuevo. Sabía que en algún momento harían algo para provocarlo. Uno de chaqueta roja de los Chicago Bulls, con una franelilla blanca debajo y cadena de plata gruesa, no paraba de mirarlo. Estaba en él decidir qué pasaría a continuación y no dejarse llevar por sus impulsos. Lo había aprendido a la fuerza días antes en el parque.

Luego de casi un mes de entrenamiento, los maestros le pidieron que combatiera con Pablo. No se llevaban bien. Para Martín el carajito era insoportable, se creía la gran vaina.

—Piensa primero, Martín. Piensa en la técnica —le indicó Dago.

—Me hago lento si pienso el golpe, *bróder*.

—Aplica lo que has aprendido. Se piensa también con el cuerpo, memoria muscular —acotó el maestro Reinaldo aflojándose las cadenas de los brazos.

—Cuidado con la cara y con las partes nobles. Aquí se combate sin protección —indicó el maestro Aníbal, y Martín tuvo la idea de que el hombre jamás en su vida había sonreído.

Midieron distancia. Recordó la vez en que Pablo había tumbado a Eloísa en combate. «Yo no soy una jeva», se dijo mientras pensaba en cómo aplicar los golpes básicos del estilo.

Pablo atacó primero y lo golpeó con fuerza en varias partes del cuerpo. Martín no retrocedió. Las posturas recién aprendidas le daban más estabilidad. Se desplazó en la postura del arquero y acertó un golpe al estómago de Pablo. Pensar los movimientos le quitaba rapidez, no la puntería. Pablo se resintió, pero aprovechó el brazo extendido de Martín para halarlo en una torsión. Con la palma de la otra la mano, lo golpeó desde abajo y le aplicó una palanca.

Un corrientazo de dolor le recorrió el brazo. Aprovechó que su oponente era más liviano y usó su peso para zafarse. Pablo se le encimó de nuevo con lanzamientos rápidos al pecho para distraerlo, y lo pisó con fuerza con el talón del zapato. Se apartó con una sonrisa.

«Te gusta jugar sucio, carajito», pensó Dago. Los dedos del pie le latían.

—¡Aplica la técnica! —le gritó Dago.

«¡Qué técnica, un carajo!», pensó Martín. Adoptó una postura de boxeo menos rígida, subió la guardia, y con el brazo aún adolorido por la llave, lanzó un puñetazo directo a la cara de Pablo. Le partió la boca y lo hizo doblarse. Se cubrió los labios abiertos en flor con las manos.

El maestro Aníbal corrió a ponerle un trapo para detener la hemorragia. Miró furioso a Martín y lo empujó por el pecho.

—¡La próxima vez te expulso!

—¿Qué le pasa? —Martín apretó los puños. Aníbal dio media vuelta y les hizo señas a los demás para que reanudaran el entrenamiento: J.J., su esquema de sable, que en realidad lo hacía con un machete común y corriente, y Eloísa, el primer esquema de lanza. Martín se mordió el labio inferior hasta casi hacerlo sangrar. Dago le puso una mano en el hombro.

—Tranquilo, Cassius Clay. Tienes potencial, pero debes dosificarte. Lo más importante aquí es la actitud. Por si no lo sabías, Pablo es sobrino de Aníbal.

—Y algo más —intervino el maestro Reinaldo, severo—. Las peleas se ganan con cabeza fría. Pudiste evitar ese golpe a la cara de Pablo. Partirle la boca a alguien porque te provocó es una excusa, la razón verdadera es que te dejas dominar por la ira. Con marcarlo bastaba.

—Sí, entiendo —Martín resopló aflojando las manos.

—Que esto no entre en saco roto, muchacho. Evita ser controlado por los cuatro senderos del mal: la ira, el infierno, el hambre y la animalidad. Las acciones se originan en el pensamiento, no lo olvides.

—Como en el sexo tántrico —agregó Dago, solemne, acomodándose las muñequeras de cuero—. El chiste está en el acto, no en la descarga.

—Es otra forma de explicarlo... —opinó el maestro levantando una ceja—. En conclusión, no eres lo que te pasa, eres lo que eliges ser.

—¿Buda? —preguntó Dago arrugando la frente.

—Freud. ¿O era Jung?... En fin. Ahora ve y discúlpate, muchacho.

Martín recordó su forzada disculpa a Pablo y la respuesta de este.

—No es la primera vez. Ya sangrarás aquí.

Recordaba esto mientras se bebía el último sorbo de cerveza. Apagó la colilla en un cenicero y pidió la cuenta. El Siberiano se había llenado en la última media hora, y el espacio entre las mesas de madera y el billar no era mucho. La barra estaba repleta de gente y la música había subido de volumen. Una pareja entrada en años se animó a bailar un vallenato arrastrando los pies sin soltar sus vasos de plástico cargados de ron.

Mientras organizaba las bolas de billar, sintió que le clavaban la punta de un taco de madera en un costado. Los cuatro hombres de la mesa de al lado lo miraban. De un rápido vistazo reconoció el bulto de las armas bajo la ropa. El de chaqueta roja se acercó aspirando un cigarrillo sin filtro y botó el humo en la cara de Martín.

—Fue sin culpa, chamo.

Su primer impulso fue el de noquearlo sin mediar palabra, «un golpe en la quijada, en el *suiche* y listo». Pero esa actitud le costó su vida anterior, y los maestros del parque le estaban enseñando a controlarse. Sentía la rabia como una rata hambrienta que le comía las tripas. Asintió sin decir nada y les dio la espalda.

—¡Mira, güevón, estoy hablando contigo! —le alzó la voz el de chaqueta roja.

Martín se volvió, se acercó a él y sus frentes casi chocan como boxeadores retándose antes de un duelo. El tipo olía a alcohol, a droga, a peste. Oyó a sus espaldas las palabras *pendejo* y *loco*.

—Córtala, *bróder* —susurró Martín.

—Te la tiras de arrecho, ¿no? — gritó el tipo soltando gotas de saliva. Abrió su chaqueta y se subió la franelilla desenfundando un revólver. Apuntó a Martín, que se acercó aún más, hasta que el cañón del arma se le hundió en el estómago.

—Ya me mataron una vez y aquí me ves. O disparas esa vaina o te quitas.

La expresión de Martín ya no era humana sino animal. Mostró los dientes, pero no era una sonrisa; era la señal de estar a punto de morderle el cuello, clavarle los colmillos y desgarrarle la carne.

El tipo apretó los labios. Su respiración se aceleró abriendo y cerrando las aletas de su nariz grande y aplastada. Los otros tres se acercaron y le insistieron que se quedara quieto, que bajara el hierro. La gente volteó a verlos. La pareja detuvo su baile.

—¡Vete de aquí, loco de mierda! —le gritó el de la chaqueta roja a Martín, y este se apartó lentamente, avanzando hacia la salida sin mirar atrás hasta atravesar la puerta de El Siberiano. La brisa gélida lo abrazó como si hubiera salido de una hoguera y no de un bar de mala muerte. Se subió a la moto, la encendió, y arrancó a toda prisa, pensando en su extraña reacción. No era la ira inflamable que vivió en su barrio, ese infierno en el cerro llamado La Cobra; pero sí una animalidad consciente hasta entonces desconocida.

VI

MUSTANG

Al llegar del trabajo, Martín se topó con las luces de la pensión apagadas. Su jornada como mototaxista se había extendido a causa de una lluvia tenaz que le impidió desplazarse durante horas. Aguzó la vista, aseguró su Suzuki GN 125 en el garaje y entró por el pasillo en penumbra directo a su cuarto. Encendió la luz y se quitó la camisa, hedionda a tubo de escape. Reparó en los nuevos moretones y rasguños del entrenamiento, superpuestos a las cicatrices que, como ríos de un mapa, cargaba en su torso desde hacía un año.

Subió la única silla que había a la cama para tener espacio. Practicó las posturas básicas por media hora. Jinete y arquero, gato y mono, grulla y tigre. Era cierto que con el Brujo aprendió que pelear es más que lanzar golpes, pero en la Escuela Fu Hok descubrió una nueva dimensión del combate que resonaba en su interior.

Entró al baño privado, minúsculo, abriendo la puerta a la derecha de su cama, y se rapó el pelo frente al espejo del lavamanos, tal como hacía una vez a la semana. Verificó la uniformidad del corte con la mano y se detuvo a mirar la cicatriz vertical de su barbilla, mal disimulada por la barba rala en su rostro. «No es nada», se dijo. «Solo una deuda por cobrar». Pasó a ducharse con agua fría, sintiendo el líquido correr por sus músculos agarrotados, una señal de que estaba retomando nivel.

Bajó la silla y se tiró en la cama. Hizo *zapping* hasta encontrar una reposición de la vieja serie *El avispón verde*, con Bruce Lee en el papel de Kato. «A este sí lo conozco, Dago sabelotodo». Se quedó dormido sin apagar el televisor. Soñó…

—¡Martín! ¡Ayúdame!

Sale del colegio con su uniforme azul y el morral a cuestas, es la hora de la salida, cuando ve a dos muchachos más grandes empujando al Perro. Yiyo y el Indio lo vapulean sin motivo aparente. Corre e intenta apartarlos.

—¿Qué pasó, chamo? Déjenlo quieto, es un carajito.

—¿Y tú quién eres, el novio? ¿Tú no sabes que este gafo me debe plata? —le responde el Yiyo.

—¡Yo no te debo nada, becerro! ¡Tú me pediste y no tengo!

Yiyo lo golpea en la boca con el reverso de la mano. El Perro se tapa llorando. El otro, al que llaman el Indio, empuja a Martín, quien al caer agarra una piedra del piso y se la pega al Indio en un costado de la cabeza. Yiyo se abalanza sobre Martín y se van a la lucha. Caen al suelo de asfalto. Yiyo intenta someterlo con su tamaño, es pesado y fuerte, pero Martín logra pasarle el brazo por el cuello cortándole el aire. Mientras, el Indio se levanta aturdido, se frota la cabeza y mira la sangre en su mano. Toma del piso una botella de refresco vacía, le quiebra la punta contra la pared blanca y azul del liceo y camina hacia Martín con el vidrio filoso. Los otros estudiantes se acercan gritando.

—¡Dale! ¡Jódelo!

El Perro lo ve y se atraviesa, el llanto se le convierte en rabia.

—¡Quítate! —le grita el Indio.

—¡Quítame! —le responde el Perro.

El Indio acelera el paso dispuesto a desquitarse con el Perro. Martín logra dominar al Yiyo y se le sienta encima presionando su cara contra la acera, pero sabe que no puede levantarse, porque el tipo se soltará. Se da cuenta de que el Indio le va a clavar la botella al Perro.

Se oye el rugido de una motocicleta acercándose a toda velocidad. Frena de golpe. Un tipo grande se baja de la moto tan rápido que nadie reacciona. Viste todo de blanco, hasta los zapatos, y está forrado de collares y pulseras. Se quita el casco y enrolla su correa, también blanca, en una mano. Su brazo en tensión amenaza con latiguear al Indio con la hebilla de metal.

—Suelta esa botella o le hago un tatuaje a la pared con tu cerebro —dice el motorizado.

—¡Brujo! —grita el Perro.

—Deja la lloradera —Voltea y mira a Martín con ojos grises que parecen fogatas apagadas —. Y tú, suelta a ese güevón, y se me suben a la moto ya.

Todos le obedecen. El Indio deja caer la botella, el Perro se sube a la moto y Martín suelta a un Yiyo sin aliento. Se van con la misma bulla y rapidez con la que llegó el Brujo.

Ruedan a toda velocidad, aplastados unos contra otros. Parece que se fueran a estrellar en cualquier momento, pero a Martín le parece arrechísimo ir soplado por la carretera mientras la brisa le enfría el cuerpo y una cosquilla le ronda las tripas. Le gustan las motos. Se desvían hacia una calle solitaria, ya lejos de La Cobra, en un barrio fino, limpio, donde hay una infinita hilera de carros estacionados sobre la acera. Se detienen. El Brujo los emplaza:

—¿Cuál abrirías, Perro?

—¡Ese! No se ve tan pelúo —responde el Perro señalando un Volkswagen rojo.

—¿Un escarabajo? —Le da un sopapo en la cara—. Por eso es que te joden en la escuela. ¿Y tú, carajito?

—Aquel Mustang, bróder —responde Martín, señalando con una risita burlona.

—Tú sí no eres pendejo —El Brujo aplaude con sus manos de gigante—. Vamos a enseñarte a robar esa nave. Agarra esta bujía pa' que rompas el vidrio y este destornillador pa' que quites los tornillos y arranques el carro... Un Mustang, carajito, tú sí que sabes cómo es todo. Perro, canta la zona...

Martín abre la puerta del carro, pero en lugar de ver el asiento, hay un hoyo negro, sin fondo. Intenta retroceder y voltea buscando al Brujo, pero a quien ve es al Perro ya adulto que lo toma por la nuca con su mano tatuada y callosa y lo empuja al hoyo con facilidad. Cae y cae, no puede ver nada, solo vértigo y una leve sensación de conciencia de estar soñando, pero sigue cayendo y comprende que es un barranco y que está a punto de morir. Intenta abrir los ojos, pero no puede, siente el impacto, los porrazos, el dolor de huesos rotos, el sabor amargo y dulzón de la sangre y de la tierra en su boca.

Se frena de golpe al oír una voz que grita, que lo despierta y lo salva.

«¡Todavía no! ¡Todavía no!».

VII

EL DUELO

—Corazón es mente, recuérdalo.

«Es ridículo», pensó Martín. Se sentía incómodo cada vez que Dago decía esas cosas.

—No entiendo, *bróder*..., perdón, *sijing*.

Practicaban el esquema *domar al tigre*. Las piernas le dolían, pesadas como troncos, dificultando su movilidad. Dago se colocó frente a él haciendo, con naturalidad, los movimientos.

—El dolor es una sensación, Martín, como la ira. Un estado pasajero que tu mente puede controlar. Si sientes un impulso negativo, fíltralo. Si es dolor, bloquéalo. La mente controla al cuerpo, no al revés.

—No soy de hierro, chamo —alzó los hombros y Dago lo miró con ojos entornados.

—Por eso no debes parar de entrenar hasta saber cómo dosificar tu energía.

—La fuerza —mencionó Martín retornando a la postura inicial.

—¡Muy bien, *padawan!* —Dago se echó a reír.

—¿Pada qué?

—*Padawan… ¿Jedi?* —Dago arqueó una ceja—. No ves mucha televisión, ¿cierto?

—Solo para dormir.

—Pues deberías ver *Star Wars* —dijo Dago solemne—. Los *jedis* son como monjes budistas que dominan la fuerza del universo y mantienen la paz con el arte del combate.

—Ya.

—Lo que digo es que a diario enfrentarás situaciones que te impulsarán a usar el *hung gar*. Pero no todo es *wu shu*, el combate. Hay maneras de vencer sin malgastar tu energía, hermano.

—Y evitar culebras. Ya lo sé —contestó en tono aburrido.

—Tal cual. Una vez Rei y Aníbal casi se matan entre ellos y *sifu* Hu, en lugar de intervenir, los dejó golpearse hasta que ya no podían más —comentó Dago, y caminó alejándose. Martín lo siguió. Había logrado captar su atención.

—¿Los maestros?

—Era un entrenamiento en sus tiempos de discípulos y se pelearon por cualquier tontería. Cuando terminaron en el piso, la maestra Hu cerró la puerta del gimnasio y los dejó encerrados hasta el otro día. No tenían fuerza ni para romper la cerradura, así que debieron esperar exhaustos y adoloridos a que Hu les levantara la pena. Hasta donde sé, nunca han vuelto a pelear entre ellos, y menos por razones absurdas.

—¡Carajo!

—Ahora, fíjate —dijo ya con el interés de Martín recobrado—. Haz tu postura de arquero. Pega tus pies en el piso, con todo tu peso, que tus dedos se claven en él como garras a través de tus zapatos. Cárgate de energía.

—No me lo creo, me cuesta —dijo Martín con menos escepticismo. Era como entrar en otro mundo, como cuando sus hermanos Pegadores se iniciaron en la Santería y él se quedó fuera. «Pero este es otro beta, otro nivel».

—Concéntrate, Martín, y deja los prejuicios. Tensa tus músculos, cierra las manos y mira hacia el jabillo —el gigantesco madero gris con piel de puercoespín y hojas corazón crepitaba frente a ellos—. Respira profundo y siente cómo la vida del árbol fluye desde sus hojas, a través del verde de su savia, pasa por las ramas y de ahí al tronco como una corriente de agua que se empoza en la raíz; y de sus fuertes raíces extendidas, que han levantado y partido el concreto, la avalancha avanza por la tierra debajo de nosotros, y de la tierra, la energía fluye hacia tus pies clavados en el piso, se eleva a tus piernas, a tu tronco, tus brazos, tu cabeza. Todo está conectado. Tú, y la tierra y el árbol, tu puño y el resto de tu cuerpo. ¿Lo percibes?

«Joder, me siento como una molotov que cae».

—¡Sí! —exclamó Martín.

—¿Hay dolor?

—¡No!

—¡Golpea!

—¡Jei! —Martín lanzó un golpe frontal rápido.

—¡Dispara! ¡Explota! ¡Con fuerza!

—¡Jeeiiiii!

Martín lanzó un puñetazo noqueador como si su brazo fuera el hacha que partía en dos el jabillo. En ese instante comprendió que jamás había golpeado con todo su cuerpo.

—¡Mierda, Dago!

—Lo sé. Es la energía *chi* de la tierra. El día que la controles tu golpe será letal como el zarpazo de un tigre —el *sijing* lo miró fijamente, con un repentino cambio de expresión, feroz, algo muy raro tratándose de Dago—. Por eso no golpees a menos que sea necesario, y acábalo todo con ese golpe. Ahora sigue practicando, que ese conocimiento vale, por lo menos, una caja de cerveza. Que el *chi* sea uno con nosotros.

—¡Con todos! —respondió Martín, honestamente sorprendido.

«Este no es tan pendejo después de todo», pensó Martín.

Dago se unió al resto del grupo. Tomó su lanza y, con pericia, desenroscó la punta metálica del resto del bastón de ratán. Miró a J.J. de reojo y la lanzó, mientras aquel, con reflejo felino, la atrapaba en el aire sin hacerse daño.

—Ganaste la apuesta —dijo con pesar creyendo que Martín no lo escucharía. El tipo es un hermano *hung* en bruto. Sobre todo, lo último…

«Pendejo, no, cabrón, sí».

Un repentino revuelo se escuchó en la vecina Escuela de los Dragones, al otro lado del jabillo. El maestro Boris recibía con reverencias a un gran maestro de su estilo que visitaba el parque sin previo aviso. Enseguida, el viejo maestro dragón se aproximó al jabillo que marcaba la frontera de la escuela de *hung gar*. Lo siguió una comitiva de ocho artistas marciales, uniformados de negro y dorado, encabezada por el maestro Boris y una espigada joven con el cabello azabache recogido en una cola.

Reinaldo y Aníbal detuvieron las prácticas y, tras ellos, se formaron los otros cinco miembros de la Escuela Fu Hok, encabezando Dago la fila. El gran maestro dragón era un hombre robusto, enfundado en guantes y ataviado con una túnica negra de cuello corte *mao*, con un dragón dorado bordado en el centro. Posó su mano izquierda sobre su puño derecho, e inclinó la cabeza saludando a los maestros de *hung gar*. Estos imitaron el saludo.

—Maestros —intervino Boris azorado—, hoy nos honra con su presencia el gran maestro Zhang.

—Bienvenido al parque, maestro. Soy Reinaldo, y esta es la Escuela Fu Hok de *hung gar*.

—Gracias, *sifu* Reinaldo —respondió el maestro Zhang con marcado acento chino—. Vine con autorización del honorable embajador de la República Popular de China para invitarlos al torneo de *wu shu* interescuelas que organiza la embajada.

Hubo un silencio, y Martín notó que los ojos rasgados de la chica dragón se cruzaron un instante con los de Dago, quien sacó un poco más el pecho. «Tiene buen gusto, el *sijing*».

El gran maestro prosiguió después de una breve pausa en la que no obtuvo respuesta del *sifu* Reinaldo.

—Será a finales de año, y queremos que sea aquí, en el parque. Me han dicho que no participan en competencias, pero luego de la exhibición de su discípulo hace un par de meses, frente al embajador, sería inexcusable no invitarlos.

El maestro Zhang observó a Dago y asintió, inclinando levemente la cabeza. Dago empalideció mientras Aníbal le apretaba un brazo con disimulo, enterrándole sus dedos de acero en el bíceps. Dago aguantó sin moverse. La chica dragón junto a Boris dio un paso al frente y estiró su brazo para entregarle la invitación a Reinaldo.

—Gracias, Meiling. Ya que mi discípulo fue tan bien visto, sería descortés negarnos. Cuenten con la Escuela Fu Hok en esta oportunidad. De hecho, tenemos un nuevo alumno al que nos gustaría ver intercambiar técnicas con otras escuelas.

«¿Yo?», se preguntó Martín sorprendido, y un súbito hormigueo le recorrió el cuerpo. Saludó con torpeza. Meiling sonrió, pero el resto se mantuvo serio, inmóvil. «¿Me estoy perdiendo algo?».

—¡Que no se hable más! —dijo Zhang—. Esperaré con ansias ver a tu nuevo alumno, y que Dago pueda deleitarnos con su técnica precisa. ¿Quién fue su *sifu,* maestro Reinaldo?

—*Sifu* Hu —contestó sin más detalles.

—¿Hu?, no, no la conozco… ¡Suerte en el torneo, *zai jian!*

—*Xie xie, sifu Zhang* —se despidió Reinaldo y, al darse la vuelta, fulminó a Dago con la mirada.

VIII

LAS TRES ESQUINAS

Eran las ocho de la noche, el parque estaba a oscuras. El alumbrado era escaso y el tapiz de nubes negras impedía filtrar el brillo de la luna. La escuela Fu Hok solía ser la última en abandonar las instalaciones. Más de una vez les apagaron las luces mientras se cambiaban la ropa, siendo desalojados por el silbato de los guardaparques.

En el patio norte, desde temprano, hubo repaso de esquemas, corrección de movimientos y técnicas de ataque. Luego empezaron una ronda de combates con distintos oponentes de un minuto cada una y, al finalizar, circuitos de abdominales y flexiones de pecho.

Ese día le entregaron a Martín dos premios. Un Xu, su primera arma de *kung-fu*, que consistía en un bastón de madera recortado al que Aníbal llamaba el palo corto, y el uniforme de la escuela, un pantalón ancho de tela negra y camiseta blanca, con el grabado en tinta roja de un maestro en la postura del tigre, además de la gruesa y larga faja blanca que le daba tres vueltas alrededor de la cintura y se anudaba a la izquierda.

«Ya no soy un boxeador. Soy un artista marcial», celebró Martín para sus adentros.

—Vas rápido y furioso, hermanito —dijo Dago a la vez que guardaba la ropa de entrenar en su bolso y se ponía un enorme reloj negro y amarillo—. Como ya pasaste a esquema de armas, la tradición indica que debes invitar a tres rondas de cerveza a tus hermanos mayores.

—Plomo. Yo invito.

Eloísa, Pablo y Dago se fueron con J.J. en su Renault y Martín los siguió en la Suzuki. Estacionaron frente a una arepera, cuyo acertado nombre aludía a su ubicación en una encrucijada entre las avenidas Francisco de Miranda, Rómulo Gallegos y la primera transversal de Los Palos Grandes: Las Tres Esquinas.

El restaurante era amplio y sencillo, bien iluminado, con mesas rústicas distanciadas que permitían charlar sin perturbar a otros. Lo mejor era el olor de los rellenos para las tostadas de harina de maíz: carne mechada, pollo, atún, aguacate, queso rallado, dispuestos en bandejas de un largo mostrador de vidrio, atendido por hombres vestidos de blanco como si fuesen enfermeros gastronómicos. Martín cumplió, invitando la primera ronda de Polar fría y un servicio de arepas para cinco. No le había ido mal ese día, llevó en su mototaxi a varios clientes apurados, lo cual incrementaba la tarifa y la velocidad. Algunos se bajaron temblando o con la tripa floja, pero a tiempo.

—¡Por nuestro hermano Martín y su nuevo esquema de armas! —brindó Dago.

—¡Salud! —gritaron a coro.

Las rondas se repetían con rapidez, y ya luego todos decidieron aportar dinero para la cuenta.

—¿De dónde eres? —preguntó Dago señalándolo con la botella de cerveza.

«Vengo de un sitio donde te mearías encima apenas llegando», pensó Martín.

—Soy de un barrio candela en Petare, pero ahora vivo en una pensión en el centro.

—Hablas poco, ¿no? —insistió Dago.

—Hablo lo justo. Crecí en la calle, donde aprendes a no dejarte joder, porque, si te resbalas, te pintan el muñequito de tiza en la acera, como dice la canción.

La charla y las risas de los otros cesaron. Martín se bebió media cerveza de un trago y golpeó la mesa con fuerza al bajar la botella.

—¿Ven esta cicatriz? —dijo tocándose la marca en el mentón—. Para resumirles el cuento, unos hijos de puta del barrio intentaron quebrarme y tuve que desaparecer. Pero esa cuenta yo me la cobro.

—El *kung-fu* no es un arte para la venganza —replicó tajante Dago—. La violencia no resuelve nada.

—Sin venganza no soy nadie, *bróder* mayor. Es mi motor. Soy lo que soy.

—Yo pensaba igual que tú, Martín, hasta que una vez casi se me va la mano…

—¡Cuéntale de Veneno, Dago! —gritó Pablo con estridencia, un poco chispeado por el alcohol, derramando cerveza y mostrando una sonrisa irregular que hacía juego con el cabello rulo despeinado.

—Había un tipo en mi edificio que medía como dos metros —accedió a contar levantándose de la silla—. Un bicho feo y gigante como basquetero, que se la pasaba drogado y se metía con hombres y mujeres por igual. Un par de veces me había provocado, pero yo solía ignorarlo. Hasta un día en que se le ocurrió meterse con mi ex.

—Que estaba buena, ¿no? —interrumpió J.J.

—Buena es la paliza que te voy a dar…

Martín reparó de nuevo en el llamativo reloj de Dago y, por fin, se acordó de cuál era ese símbolo negro y amarillo. El de Batman.

—Cuando se abrió el ascensor —prosiguió Dago—, metí a mi novia y dejé que subiera. Yo me quedé entre Veneno y la puerta del ascensor. El tipo se me vino encima aprovechando su tamaño y, sin pensarlo, reaccioné aplicándole un par de combinaciones y llaves…

—¿Las técnicas-puente? —preguntó Pablo, y enseguida se tapó la boca como si hubiera dicho una mala palabra.

—Ya estás ebrio, *man*. Cállate y déjame terminar.

—Sí, cállate —dijo Eloísa a Pablo mientras lo pellizcaba en el brazo.

La cosa es que lo dejé *acoñasiado* y pidiendo clemencia en un rincón. Como dice Rei: nunca empieces una pelea, pero siempre termínala. El bicho desapareció hasta que me llegó una citación de un tribunal. Resulta que el papá del Veneno es un fiscal enchufado con el gobierno, y bueno... Lo había desfigurado. Me salvó de la cárcel el hecho de que pocos en el edificio saben que practico artes marciales, y era como increíble que un tipo como yo, con esta cara de buena gente, hubiera mandado al hospital a la bestia del Veneno... Desde entonces, por la casa, me llaman Antídoto.

—¿Qué es eso de las técnicas-puente? —preguntó Martín.

—Eso no importa ahora —lo cortó Dago, sentándose de nuevo—. El punto es que cada acción trae consecuencias. Por un impulso, casi voy preso y tengo antecedentes en los tribunales. Eso no es lo que buscamos aquí.

—Yo dejé las drogas gracias al *hung* —intervino Eloísa, sorprendiendo a los demás. Se pasó la mano por los pinchos negros del cabello, dejando ver el tatuaje de una rosa color rojo sangre en la muñeca—. Estaba pegada con una pareja adicta. Pero conocí a este simpático enfermero en el hospital y me recomendó entrenar —dijo abrazando a J.J. por el cuello—. Si algo aprendí, es que no somos responsables del comportamiento de los demás, pero sí del nuestro. No sé cuál sea tu problema en ese barrio, pero tienes que dejar de vivir en el pasado.

«Sin pasado no soy yo, hasta cuándo se lo explico».

—¡Mesonero! —gritó Martín—. Otra ronda de cervezas.

Mientras servían las bebidas, Martín se acercó a J.J. y le susurró:

—¿Por qué Dago lleva un reloj de Batman?

—Dice que Batman es *ninja* —le respondió poniendo los ojos en blanco. Martín sonrió y probó un sorbo de su cerveza helada antes de lanzar una pregunta al aire que lo tenía inquieto.

—Cambiando el tema, ¿cuál es el lío con asistir a ese torneo?

—Hay reglas no escritas que trascienden la cordialidad entre escuelas —respondió Dago—. Rei se vio obligado a aceptar la invitación por el honor de la escuela y la jerarquía de ese maestro dragón; más aún después de darse cuenta de que yo participé sin permiso en la exhibición de esquemas de la Casa China por insistencia de Meiling.

—Para lucirte con Meiling..., *sijing...* —acotó J.J., mostrando una larga hilera de dientes torcidos.

—¿La jevita dragón? —preguntó Martín—. Bien linda.

—Mosca, que yo la vi primero y soy tu hermano mayor —le replicó Dago—. Si la maestra Hu no se hubiera ido, seguro habría puesto en su lugar a ese tal Zhang. ¿Has oído mencionar a *sifu* Hu, cierto? Fue la maestra de Rei y Aníbal, y de otros dos maestros que están fuera de Caracas, Virginia y Jonathan.

—Creo que Rei la mencionó una vez. ¿Adónde se fue?

—Fuera del país, o al menos eso cree Rei. Luego de graduar a sus cuatro discípulos, sencillamente, se marchó.

—Ya su misión había concluido —interrumpió Pablo con la mirada clavada en el emblema del oso polar de su cerveza. El mesonero se acercó y Dago le hizo señas de que trajera la cuenta.

—Bueno, de eso no se habla. Quizás otro día. Creo que es hora de pagar e irnos, mañana hay que trabajar. Además, parece que va a llover.

Martín se levantó para ir al baño, convencido de que le ocultaban cosas. Aún no confiaban en él. Una mujer desaliñada entregaba rollos de papel y vendía cigarrillos y caramelos en la entrada. Compró una caja de Marlboro, sacó uno y lo encendió frente al lavamanos. No quería que lo vieran fumando, pero Dago entró apenas tomó la segunda bocanada. Lo vio llegar por el espejo.

—Ya sé, me vas a decir que no fume, que eso me jode los pulmones y voy a rendir menos —Exhaló una bocanada de humo y echó la ceniza de la punta en el lavamanos.

—Si ya lo sabes, no tengo nada que decir. Termina de fumar. Tú, en algún momento, con el *Hung gar*, lo vas a dejar solo.

—Me lo hubieras dicho antes y me hubiera fumado la caja entera afuera.

IX

BAUTIZO

Martín se aleja del colegio con el morral de tela a cuestas. No quiere volver a casa. Le da ladilla escuchar las penurias de la abuela. Ella le dice que es inteligente, que estudie, que haga algo con su vida, bla, bla, bla. Pero luego lo pone a hacer mandados, a trabajar para ella, que si nada en la vida es regalao, y que si su casa, sus normas. «Pues no me jodas abuela», piensa, «yo no quiero ser un güevón, aquí el que no corre vuela y ella me quiere gateando».

Patea una lata de refresco vacía. Al seguir la trayectoria con la mirada, divisa al Brujo acercándose en una Suzuki nueva, con un carajito en el puesto de parrillero. No es el Perro. Va agarrado de la parte de atrás del asiento y lleva un casco que le queda grande. Parece un marciano de comiquita. Se bajan quitándose los cascos. Le piden que los siga.

Obedece, callado, mirando de reojo al carajito que pone cara de arrecho y tal. No sabe por qué, pero ya le empieza a caer mal, no le gusta. Dejan aparcada la moto, parece que el Brujo prefiere caminar, y suben por una calle del barrio La Cobra, que es pura escalera, dejando atrás el colegio.

A esa hora nadie se asoma. Llegan a la parte de arriba del cerro y cruzan hacia un callejón largo y sucio, que huele a orines. Salen a una cancha de básquet dañada, donde unos diez tipos fuman y ríen mientras escuchan salsa brava a todo volumen.

—¿Y el Perro? —pregunta Martín.

—¿El güevón de mi hermano? —dice el Brujo—. Lo dejé, pero traje al Miky. Tiene la edad tuya, Mustang, y te lleva una morena.

—Qué va, eso quisiera él...

—Si yo digo que es de noche, prende la luz, menor.

El Brujo no lo llama por su nombre. Le dice Mustang desde que abrió su primer carro. El carajito nuevo se lo queda *viendo y él le revira. Tiene ojos pequeños, orejas y dientes grandes. Por eso será que lo llaman Miky, como el ratón. La cerca que rodea la cancha hace un sonido metálico, agudo, como de rebote, cuando tres hombres recostados en ella se quitan y la dejan temblando al ver al Brujo llegar. Apagan la radio callando de golpe a Óscar D' León y su Dimensión Latina.*

—¡Llegó el Brujo! ¡Llegó el campeón! —gritan varios.

—¿Qué más, peluches? —los saluda como si nada, pero todos saben que es el puto jefe.

—¿Y ese par de brujas? —pregunta un larguirucho que lleva la cabeza rapada en los bordes y en el medio un afro de pelo seco marrón.

—Los estoy entrenando.

—¿Y si los ponemos a darse unas manos pa' ve qué tienen?

—Esa es la idea, mi santo. Pero, luego del bautizo, al que se raje lo jodemos —el Brujo se pone serio—. Si quieren plata y

batirse una con los Pegadores, tienen que morir aquí con nosotros.

Los rodean en círculo, los ponen frente a frente. Martín siente que el corazón le boxea en el pecho, pero pa'lante, si arruga, se raya para siempre. Le amarran dos guantes rojos a cada uno, pesados, de gente grande. Martín los choca entre sí un par de veces, ¡Paf! ¡Paf!, le gusta el sonido.

—¡Golpes solo por encima de la cintura y con los puños cerrados! ¡A boxear!

El Miky se le viene encima, y él lo espera con el puño listo, pero solo escucha el ruido, los gritos, el latir del dolor en su rostro. Baja la mirada, el cachete le palpita, y ahí está Miky, el niño cara de rata, en cuclillas, agarrándose la barriga.

La pelea se detiene. Hay un silencio, el mundo se le pone en cámara lenta, como cuando fumó monte por primera vez y no entendió la alharaca de los fumones. «Más es la bulla», pensó aquel día. No le gustaba sentirse lento, idiota. Aún aturdido, los sonidos vuelven, desde lejos, algo así como una voz de tubo de escape que va saliendo de la nada.

—¡Quedaron tablas! ¡Nadie pierde, todos ganan!¡Démosle la bienvenida a los nuevos Pegadores, el Mustaaaaaaang y el Mikyyyyyyyyy! —grita el larguirucho y los demás aplauden.

Algunos celebran, echándose un trago de ron seco. Prenden de nuevo la radio y, sobre la percusión, se escucha la voz de Héctor Lavoe, asegurando que él es el cantante a quien nadie pregunta si sufre o si llora. El Brujo se les acerca y los mira con su porte de Mike Tyson con sonrisa postiza.

—¡Así me gusta, carajo! ¡Muchachos con espíritu! El boxeo es pegar y no dejarse pegar. En esta vida, pegas o te pegan.

Martín abrió los ojos de golpe. Salió del sueño, pero no del asombro. Se quedó mirando las aspas giratorias del ventilador en las sombras, intentado comprender dónde estaba.

Su otro nombre aún reverberaba en sus oídos. Se volteó boca abajo y, en pocos segundos, volvió a dormirse.

X

EL REGRESO DEL PEGADOR MUERTO

Esa tarde, Martín no fue a entrenar al parque. Trabajó desde temprano en la moto en su habitual ruta de este a oeste de la ciudad, siempre flexible dependiendo del cliente, para luego volver al centro de Caracas antes de la hora pico del tráfico encajonado. Fue una jornada mecánica, sin mucho entusiasmo, a pesar de la buena racha de clientes. Su mente estaba enfocada en lo que haría después.

Regresó a la pensión a dormir. Despertó poco antes de las diez de la noche, caminó hasta la cocina comunitaria y se preparó una barra de pan con jamón, acompañada de café recalentado. Comió bajo la luz tenue de la cocina-comedor, solitaria a esa hora. Antes de devolverse a su habitación dijo en voz baja la palabra que se agolpaba en su cabeza.

—Hoy.

A medianoche, se vistió de negro, su suéter con capucha, los guantes del mismo color. En un bolsillo interno se guardó el palo corto Xu. Se vio en el espejo. Volvió a sentirse Mustang. «Este soy yo, pero tuneado», pensó insuflándose coraje. Salió al garaje abriendo la reja con cuidado. Prendió la moto, se puso el casco y arrancó veloz rumbo a La Cobra.

En menos de diez minutos llegó a la entrada de Petare. Serpenteó hacia el barrio por rutas alternas para no ser visto. Aceleraba sin pensar, una chispa a punto de incendiar el cerro. Apagó la Suzuki a cien metros de la vieja cancha de básquet, justo antes del oscuro callejón que marcaba el territorio. «Mi barrio. Donde crecí como Pegador para luego ser linchado», se dijo, apretado los puños.

Se quitó el casco. Se había untado franjas de grasa negra en la frente y debajo de los ojos. Caminó con sigilo. Un hombre armado en la boca del callejón lo vio venir. Le echó un vistazo y lo apuntó. Martín alzó las manos sin dejar de avanzar.

—¡Quieto ahí!

—Traigo un mensaje para el Perro.

Martín se echó la capucha para atrás dejando su cara al descubierto.

—¿Y quién coño eres tú...? ¿Mustang…? ¿Pero qué…?

Martín dio un salto salvando la distancia que lo separaba del garitero, estiró el brazo y apartó el arma con la palma de la mano derecha, golpeando con el canto de la otra la nariz del hombre. Con la misma agilidad, sacó el palo corto del suéter. Golpeó en el cuello y en la frente a un segundo vigía que se asomó a la entrada, dejando inconscientes a ambos. Cuando iba a la mitad del callejón, silbó con fuerza. Era el silbido de los Pegadores.

Tres hombres se acercaron al trote. Veían una sombra haciéndoles señas con los brazos en alto para que se apresuraran.

La sombra que era Martín se internó de nuevo en el callejón, desapareciendo de su vista.

—¿¡Qué pasa!? ¿Yeison…?

Dos de los hombres se adentraron en la negra cueva que era el callejón, desenfundando sus pistolas. El pegador que aguardó en el umbral, un hombre rollizo y pequeño, con la cara picada de viruelas, tenía el campo visual limitado. Oyó gritos, quejidos, y, en cuestión de segundos, los dos hombres fueron arrojados por los aires, uno tras otro, hacia la zona iluminada por los postes. Aterrizaron a los pies del pegador en el umbral, retorciéndose en los charcos de su propia sangre.

—¡Es una tramp…!

La silueta recortada de Martín reapareció desde la boca del callejón, afincado en una postura baja mientras lanzaba un golpe de garra directo a los genitales del pegador, silenciándolo de inmediato. Le apretó los testículos hasta hacerlo caer y lo que antes fue un grito devino en un gemido casi inaudible. Los ojos del hombre estaban a punto de salir de sus órbitas por el dolor, pero también por la sorpresa. Martín lo soltó.

—Mu…, mu… Mustang… ¡Aaaaggggggg…!

—Dile a tu jefe que los muertos volvieron para cobrársela —reconoció al pegador de la cara marcada. Era el Chucky, uno de los lugartenientes del Perro. Estaba rojo y parecía a punto de estallar en llanto, pero solo emitió un gruñido gutural. Se acercó a su oído para asegurarse de que captaba el mensaje—. Dile que esta culebra se mata en pelea limpia, sin trucos ni brujería.

Requisó al Chucky. Encontró una pistola Sig Sauer, a la que le sacó el peine. La arrojó lejos. Lo dejó tumbado en posición fetal, con ambas manos tapando sus testículos como si cubrirlos impidiera salir más dolor. Echó una última mirada a la zona de su antigua banda, en dirección a la cancha, y le extendió el dedo medio.

Martín regresó por el callejón. Corrió hasta la moto dejando cinco Pegadores regados. Arrancó a toda velocidad. Bajó del cerro sorteando calles angostas, mal alumbradas. No sabía si había hecho bien o mal ni cuál sería la reacción del Perro y sus matones, pero jamás había sentido una euforia tan volada en su vida. Y lo valía.

XI

LA JAULA Y LA MENDIGA

Apenas aclaraba cuando Dago llegó exhausto a la jaula del tigre, luego de darle dos vueltas al parque trotando. Como discípulo mayor de Rei y Aníbal, estaba obligado a rendir más que el resto. La «zona de felinos» albergaba una leona africana, cunaguaros, pumas y jaguares, pero la máxima atracción seguía siendo el imponente tigre asiático. Encerrado tras un cercado con vegetación y un lago pequeño, se paseaba de un lado a otro, hipnotizando a los visitantes con las rayas negras que atravesaban su pelaje naranja. El parque se estremecía con sus ocasionales rugidos.

Prefería ir los jueves, temprano, mucho antes de su hora de entrada al trabajo en el restaurante. Había menos gente y no era día de entrenamiento. Se ponía los audífonos y trotaba, animado con la música de Caramelos de Cianuro y Los Amigos Invisibles. Esa mañana, en particular, solo una anciana andrajosa, quizás mendiga, estaba recostada al otro extremo del cercado.

Dago, como era habitual, detuvo su carrera de casi dos horas ahí, frente a la jaula del tigre, un recordatorio de cuándo dejó de huir. O, dicho de otro modo, de su llegada a la escuela de *hung gar*.

Se apoyó en la baranda de seguridad verde y bebió medio termo de agua. Las gotas resbalaban por su negra barba, confundiéndose con el copioso sudor de su cara. ¿Cuántos años llevaba viniendo al mismo sitio? Quizás desde el mismo momento en que Rei y Aníbal fundaron la escuela del parque a la que llamaron Fu Hok, como el tercer esquema del *hung gar*. Justo después del cierre de la tienda de mascotas en cuyo ático solían practicar. Allá entrenó los seis meses anteriores a la partida de *sifu* Hu, luego de una llegada abrupta y azarosa quince años atrás.

Su primer acercamiento a las artes marciales fue con el kárate. Cuando recibió el cinturón rojo de la Escuela Kyokushinkai y adelantó a varios alumnos antiguos, causó la envidia de la clase. Dago no caía en provocaciones. Prefería escabullirse porque que le daba miedo pelear. Por eso buscó el kárate, para aprender a defenderse. Con el tiempo, dejó de ser el niño víctima de burlas, para dar paso a un joven habilidoso pero inseguro. Sin embargo, Santiago y Humberto no perdían oportunidad de molestarlo en el *tatami*. El *sensei*, rígido y parco, parecía poco interesado en inmiscuirse en las pugnas de sus alumnos.

Se retiró temprano del *dojo*, sin siquiera cambiarse el uniforme. Sabía que, al haber avanzado a rojo y sus compañeros fallar el examen, era muy probable que pretendieran descargar su frustración contra él. Tomó su bolso sin despedirse, bajó las escaleras de prisa y avanzó por la acera de la avenida Victoria, rumbo a su casa en Las Acacias. Eran las cinco de la tarde y el sol quemaba. Iba distraído viendo los carros pasar del lado derecho de la avenida, abriendo de vez en cuando el bolso para palpar su nuevo cinturón, cuando oyó un grito. Era la voz de Humberto.

—¡Epa, cinta roja! ¡Párate ahí!

Sin apenas pensarlo, arrancó a correr desbocado como un caballo sin jinete al que le dan la señal de partida. Sintió los pasos cerca, las sombras que rozaban su espalda, y cruzó en dirección contraria atravesando la calle sin reparar en la vía. Hubo un agudo chirriar de frenos y una voz aún más aguda, que le puteaba la madre con enojo y espanto. Tuvo una visión fugaz del Coupé azul cobalto que estuvo a punto de arrollarlo, pero no se detuvo hasta llegar a la acera opuesta. A pocos metros, vio la tienda de mascotas de la señora Hu, donde compraba comida para sus peces. Se enfiló en esa dirección, reanudando su acelerada carrera, jadeando en busca de refugio. Estaba a punto de abrir la puerta de la tienda, cuando sintió un jalón en la parte posterior de su kimono que lo hizo caer al suelo, sentado. Dos sombras enormes le taparon el sol.

—¡Párate, becerro! —le gritó Humberto.

—¡No voy a pelear con ustedes! ¡Déjenme en paz!

—¡Arriba, cinta roja! —dijo Santiago mientras le propinaba, en el costado, un puntapié. Dago sintió rabia, pero el miedo que lo paralizaba era mayor.

—¡Levántate! —dijo una tercera voz desconocida para Santiago y Humberto, pero no para Dago. Era una voz de señora con acento asiático.

—¡No se meta, abuela! —intervino Humberto, mientras se agachaba para dar una bofetada a Dago—. Hazle caso a la vieja, mariquita.

Fue suficiente. Ser humillado frente a la señora Hu era imperdonable. Si no actuaba, no tendría cara para volver a comprar comida para sus peces. Se enfadó. Más que eso, estaba iracundo. Merecía su cinturón rojo, y Santiago y Humberto no eran más que dos vagos que no se esforzaban. Se levantó cerrando los puños, apretando los dientes, la cara enrojecida por el manotazo, y se desahogó en un grito mientras se llevaba por delante a sus agresores. Fue más fácil de lo que creyó. Bastaron unos cuantos golpes y unos pocos segundos para ver a Santiago y a Humberto huyendo.

—¡Muy bueno, muy bueno! —gritaba y aplaudía la señora Hu ante la perplejidad de Dago. Y, acto seguido, aparecieron una mujer y tres hombres a sus espaldas, sus cuatro discípulos, quienes lo invitaron a pasar a la tienda.

—Señora Hu…

—No más señora Hu para ti. Ahora, *sifu* Hu.

Desde entonces, su vida giró en torno al *kung-fu* y a la búsqueda de una técnica perfecta, que era casi un mito. ¿Acaso se sentía tan cautivo como el tigre del parque? Sus pensamientos se interrumpieron al contemplar que el animal, tras la jaula, se había detenido con el cuerpo en tensión frente a la mendiga, mostrándole sus dientes y colmillos como si estuviera a punto de brincar y dar un zarpazo.

Más raro aún era observar al otro lado de la jaula a la mendiga. Imitaba los movimientos del tigre como si ella también estuviera dispuesta a morderlo, en un juego absurdo de espejos contrapuestos. Tal vez solo fuera el ambiente enrarecido por la bruma matinal y sus recuerdos, que lo hacían ver cosas extrañas. Dago negó con la cabeza bebiendo el agua que quedaba en el termo. Se alejó rumbo a la salida del parque.

XII

TRIDENTE DE NUEVE DRAGONES

Martín se detuvo en la semi techada cafetería del parque, al percatarse de que aún era temprano para entrenar. Era la hora punta y estaba abarrotada. Se ubicó en una fila. Al llegar ante el mostrador, después de varios minutos, pidió café negro y una galleta de soda. Buscó un sitio entre el gentío y se cruzó con la flaca de la Escuela Dragón. Bebía jugo de naranja mientras le hacía señas con la mano desde una mesa. Dudó unos segundos, pero se acercó, sentándose frente a ella. Se limitó a asentir con la cabeza en señal de saludo.

—¡Hola!, ¿cómo te va? Tú eres el nuevo que está con Dago, ¿verdad? —preguntó la chica atropellando las palabras, como si se conocieran de mucho tiempo—. Aquí no cabe un alma…

Como aún no era hora de entrenar, llevaba el cabello suelto, largo y negrísimo, cayendo por debajo de sus hombros.

Notó su *piercing* en la nariz, un pequeño aro de plata en la fosa nasal izquierda. Eso le gustaba, y también sus ojos achinados. «Bueno, y también tiene buenas piernas», pensó, haciéndole un rápido escaneo. Andaba sin uniforme, y traía puesta una franela ceñida de poliéster y un *short* Adidas de *running*.

—Sí, ya nos conocimos el día que vino el tal Zhang con tu maestro Boris.

—Soy Meiling —la chica le extendió la mano y sintió el tacto suave y frío contra su mano áspera. Al retirar la mano, ella la colocó encima de un estuche de cámara profesional entreabierto sobre su regazo.

—Bonito estilo el de ustedes.

—Bonito y efectivo. Ya lo verás en el torneo. ¿Vas a participar, cierto? Eso dijo tu maestro.

—No lo sé... ¿Quieres un café?

—No, gracias. Con el jugo basta para entrenar mi estilo bonito.

—Disculpa —Martín maldijo para sus adentros. Hablar no era lo que mejor se le daba, y menos aún con las mujeres. Sintió un escozor en la cicatriz de su barbilla.

—No pasa nada. Pero no te engañes, la belleza del estilo no le resta efectividad —dijo Meiling con seriedad.

—Entonces, tú debes ser muy efectiva.

—¡Oh! ¿Eso es un halago, señor *hung gar*? —dijo sonriendo mientras se apartaba el cabello de la cara.

—Soy Martín. Y me gustan tus formas... Tus esquemas, quiero decir.

—¡Vaya! Parece que tu estilo es rápido. Y no me refiero al *hung gar*...

—¿Tú crees? —Martín sintió como si fuera en la moto a doscientos kilómetros por hora y se topara con un semáforo. Sin saber muy bien qué hacer, abrió el envoltorio de la galleta y comenzó a comer, alternando con sorbos de café.

—Me parece que sí, señor Martín. ¿O eso del *hung gar* tiene que ver con matar al tigre y luego temerle al cuero?

—¡Por favor! ¿Cómo voy a tenerte miedo, reina? Y nada de señor.

—¡Ah, el machito! ¿Has oído hablar del tridente de nueve dragones?

Martín negó con la cabeza.

—Es un arma hermosa, parecida a un estandarte, con símbolos simétricos y una media luna en la punta. Pero sus ornamentos son al mismo tiempo ganchos y cuchillas que pueden destajarte con un solo movimiento.

—Tocará defenderme con mi palo corto…, quiero decir, con mi Wu —Vio que Meiling arqueó una ceja—. Mira, ya no sé ni lo que digo, espero que no me mates con tu tridente dragón.

Meiling cambió la expresión del rostro y desvió la mirada por encima de la cabeza de Martín. Al voltear, pudo ver a un hombre alto con cola de caballo que se aproximaba a la mesa. Ella se levantó e hizo una reverencia casi imperceptible.

—Saludos, maestro Boris —dijo Meiling.

El hombre le devolvió la reverencia sin saludar a Martín. Este se levantó y lo saludó juntando los puños al estilo *kung-fu*. Boris hizo lo mismo.

—Boris, él es alumno del maestro Rei —se apresuró a decir Meiling.

—De la escuela de tu amigo Dago, querrás decir. Ya lo he visto —respondió con tono seco.

—¿Algún problema? —preguntó Martín. Terminó su café de un sorbo, aplastó el vaso de plástico cerrando la mano en un puño y se aproximó a Boris. Este avanzó hacia Martín, y Meiling dio un respingo. Los dos hombres se detuvieron uno frente al otro a un brazo de distancia.

—¡Amigos! —se oyó decir a otra voz en la cafetería. A su lado, y sin que lo notaran llegar, apareció Dago y los abrazó a ambos.

—¿Charlando un rato? —les preguntó mientras le guiñaba un ojo a Meiling—. ¿Y tú, preciosa, cómo andas?

Y antes de que alguien le respondiera, tomó del brazo a Martín y le dijo:

—Vámonos, *sidi,* es hora de entrenar.

—¡Chao, Dago! —se despidió Meiling, con una carcajada de alivio—. Y tú, Martín, ten cuidado, ¡no te vayas a cortar con el tridente!

Martín y Dago siguieron caminando hasta el patio norte sin mirar atrás. Dago se detuvo en seco y giró la cabeza hacia Martín.

—Ten cuidado, *sidi,* no andes por ahí retando a los maestros…, y no olvides que a Mei yo la vi primero.

—¿Es tu novia, *sijing*?

—Todavía no. Lo fue de Boris, y él no supera la ruptura —Dago reanudó la marcha en dirección al patio norte y Martín lo siguió.

—Entonces lo del orden de llegada no importa. Él la vio primero que tú.

—Hermanito, tú como que aún no entiendes las reglas. ¿Necesitas un recordatorio?

«¿Dago se cree que no le puedo revirar por el estúpido código *kung-fu* del hermano mayor?».

—Esto no tiene nada que ver con *hung gar, sijing*. Tú eres un hombre de apuestas, pero ya perdiste una punta de lanza a costa mía, ¿qué tal si dejamos que gane el mejor?

—¿Cómo sabes lo de la lanza? —Dago lo miró incrédulo—. ¡Ese J.J.! —la expresión de Dago pasó de perplejidad a furia mal disimulada—. Está bien, hermano. Ya veremos. Ahora volvamos a lo nuestro. Hoy quiero que practiquemos tu defensa mientras yo ataco.

«Te salvas, porque quiero seguir mejorando». Martín se mentalizó para recibir unos cuantos golpes.

XIII

CULEBRA

Martín paró la Suzuki frente a la vieja casona donde funcionaba la pensión. Había bebido un par de cañas en El Siberiano y ya pasaban las once de la noche. La calle estaba desolada. «La boca del lobo», pensó. Tuvo la intención de fumarse un cigarrillo antes de entrar, pero percibió algo raro en el ambiente, como si lo vigilaran. Sacó del bolsillo del suéter la llave del garaje. Guardó la moto deprisa, le quitó el cartel amarillo y negro de «taxi» y cerró la reja.

Pasó del garaje a la casa. Atravesó el largo corredor con sigilo, esquivó los adornos de la pared mal puestos y abrió la puerta de su habitación, la número 19. Metió ropa, un cepillo de dientes y dinero en el bolso de entrenamiento semi vacío. Se lo cruzó en el torso desde el hombro derecho. Echó una mirada rápida a su cuarto antes de cerrarlo. Volvió al corredor.

«Ya saben dónde estoy. Debo irme». Destrancó la reja oxidada del garaje. Al apenas sacar la moto y pasar el cerrojo, otra motocicleta encendió sus luces, alumbrándolo desde la calle.

—Te dimos por muerto, Mustang —dijo una voz conocida. La luz del faro lo encandiló.

—¡Vete a la mierda, Miky! —recostó la Suzuki de la reja y puso el bolso en el asiento. En la mano izquierda cargaba su casco negro.

—Fuiste a La Cobra, no te cansas de joder. Solo por eso debería rajarte el cuello —Miky hizo un ademán pasándose el dedo índice derecho por la garganta—. Pero tú y yo tenemos una culebra pendiente. ¿Te acuerdas de aquella vez en la cancha? Hoy no quedamos tablas, bruja.

—Fuego —respondió Martín.

Miky bajó de la moto. Se quitó la chaqueta de cuero marrón y el estuche del cuchillo de caza. No llevaba camisa debajo y quedó al descubierto su monstruoso tatuaje con cara de diablo rojo. Otras dos motocicletas encendieron sus luces como reflectores en una calle sin alumbrado.

Martín lo vio aproximarse con los puños cerrados y la guardia alta. Se agachó y le lanzó una patada barredora que sorprendió a Miky, quien cayó en el pavimento estrepitosamente. Se incorporó de inmediato, y Martín, sin darle respiro, lo impactó en la nariz con un golpe de yunque. Miky trastabilló.

—¿Esperabas boxeo, cabrón? —Martín lo veía cubrirse con las manos, pero la sangre se le filtraba por los dedos.

«Hora de irse». Miró hacia la Suzuki, olvidando las otras dos motos y sus tripulantes.

Desde atrás, uno de los hombres le cruzó un brazo por el cuello, a la vez que el otro lo apuntó con un revólver desde un costado. Miky se aproximó de frente, con el rostro deformado por la hinchazón. La sangre le caía de la nariz, resbalando por la boca, el cuello y el pecho. Se paró frente a Martín. Sacó una bolsita del bolsillo, la rasgó con sus enormes dientes incisivos y le sopló un polvo negro en la cara.

—¡Maldita brujería de mierda! ¡Me quema! —gritó Martín con dificultad, ahogado por el polvo y el brazo en su cuello. Tosió hasta escupir sangre.

—¡Te vas a quemar por dentro, bruja!

Lo que sucedió a continuación nunca pudo recordarlo del todo. En parte por los efectos de la toxina. Mientras corría de noche por el parque cerrado, sin memoria de cómo había llegado hasta allí, se desplomó bajo el jabillo del patio norte.

Lo primero que vio al abrir los ojos fueron los zapatos deportivos de Dago. Estaba acostado boca abajo en el piso, mientras Rei presionaba su espalda con las palmas de las manos. Sintió calor en el cuerpo. Un corrientazo. Entre los dos, lo ayudaron a ponerse de lado. Se sentó, como impulsado por un resorte, y de golpe, recordó retazos de lo sucedido. El agarre que aplicó al pegador que lo apuntaba. La torsión del brazo y la luxación de la mano. El arma en el piso. Su codo en la boca del estómago del hombre tras él y, en el siguiente movimiento, un puño de martillo inverso a la cara que quitó la presión en su cuello. Su casco de motorizado golpeando con un ruido seco el puño de Miky. Tres Pegadores retorciéndose y él partiendo a toda máquina en la Suzuki. Luego bajarse y correr, correr hasta el cansancio.

—¿Cómo te sientes? —preguntó Rei. Dago permaneció en silencio a su lado.

«Confundido».

—Un poco mejor, maestro…

—Bien. Me costó hacerte reaccionar.

—¿Qué me hizo?

—*Chi nei tsang*, hijo, masaje energético de los órganos internos. Al parecer, pasaste la noche aquí tirado. Mi amigo el guardaparques le avisó a Dago, que vino temprano a trotar.

—Creo que me atacaron y vine a parar al parque.

—Luego hablamos de eso. Traje un poco de té caliente en el termo. Bebe. En cuanto estés mejor, que Dago te escolte hasta tu casa.

—No puedo volver a la pensión, maestro.

Rei se lo quedó viendo mientras bebía el té que le sabía a tierra y sangre.

—Entonces te quedas conmigo un tiempo —sentenció el maestro. Dago oía sin intervenir, pero, por su expresión, Martín supuso que debía lucir como la mierda.

—No, no…

—Nada —lo interrumpió Rei, señalándolo con el dedo índice—. Si no ayudas a un amigo, terminas siendo su enemigo. Pero te advierto que debes contarme en qué andas metido.

—Sí… ¡Gracias, maestro! —respondió Martín frotándose la cabeza—. ¿Cómo me quitaron el polvo de muertos? ¡Esa brujería es ruda!

—No somos brujos, pero sabemos un par de trucos... Ya va siendo hora de ponerte al día. Tu moto está afuera. Dale la llave a Dago, te vienes conmigo. Y no me agradezcas todavía. Me pagarás limpiando mi pequeño templo.

XIV

RITUAL

La del Brujo no es una casa ni un rancho: es una quinta de dos pisos. La más grande que Mustang ha visto en La Cobra, de bloques, con rejas blancas en las ventanas. A él y al Miky no les permiten subir. Ellos apenas son «gariteros», unos vigías. Por encima tienen a las «sombras» que son los roba carros, después están los «luceros» los mano derecha del líder, que es el Brujo.

Les hacen pasar a la quinta por un patio sucio de grasa y repuestos que parece un taller mecánico. Un saco de boxeo rojo se mece en el medio. Va de blanco, no se quiere ensuciar, así que esquiva los peroles mugrientos. Se detienen frente a una puerta cerrada. Se oyen toques de tambor y puede ver, cuando el Brujo abre, que todo está preparado. La bulla sube. Pasan.

Dos Pegadores tocan el tambor, entonan canciones extrañas, sabrosas, que ponen eléctrico a cualquiera. Hay símbolos raros pintados en las paredes. Un anciano que nunca ha visto y al que llaman Tata espera de pie frente a un caldero de hierro. Miky le dice que el viejo oye a los espíritus, el alma de los muertos.

Hay una mesa sosteniendo un altar bayi de santería con un plato blanco, un coco, tres velas blancas, una botella de ron, un paquete de tabaco y dos gallos negros amarrados por las patas. También reposa un filoso cuchillo de caza, con el lomo parcialmente dentado. El sitio huele a tabaco malo y a caña.

El Tata levanta la mirada del caldero. Lo ve con ojos bravos. Lo señala a él. Habla:

—La nganga dice que este no debe rayarse.

Mientras el Tata se niega a darle prenda y que tome juramento, Mustang ve por un instante la decepción en la cara torcida del Brujo, que hoy sería su padrino. *Mustang se alegra por dentro, pero pone cara de velorio. No quiere ser palero, solo boxear y ganar respeto, pero no con brujería, zape gato.* Así el Brujo le jure que recibir poder de los orishas *es la defensa más fuerte contra los espíritus malignos. Será un pegador, pero nunca un miembro del munanzo.*

A Miky sí lo van a iniciar en la nkimba. *Trajo sus collares de cuentas y sus ofrendas. El Tata manda a sacar a Mustang. Antes de que lo saquen, se pone en una esquina para ver si el Miky se beberá la sangre caliente del gallo negro que sacrificará el Brujo. Pero no lo dejan. Sale del cuarto y espera con otros gariteros afuera de la casa, fumando monte sin ganas, dándole unas paraditas que le ofrecen y que lo ponen a volar. Se caga de la risa solo, eso tampoco le gusta.*

«Cuando sea boxeador profesional», piensa, «haré plata que jode, porque me voy a tirar a todo aquél que se me pare en

un ring. El Brujo me jalará bolas para hacerse mi entrenador. ¡Ja! Ja, ja. Ja, ja, ja».

Al rato ve que Miky se asoma al umbral de la puerta. Va sin camisa, el torso fibroso rayado con piquetes de hojillas de afeitar, de espuelas de gallo, la sangre desdibujando las marcas del rayamiento en su cuerpo.

—¡Mustang, cagón! —dice Miky con los labios y dientes manchados de sangre seca, sangre animal.

—¡Cagón tú, carerratón, que necesitas magia negra! —le responde Mustang y lo agarra por las bolas hasta que se dobla de dolor. Miky lanza un manotazo, pero apenas lo roza, porque ya va de salida de la guarida del Brujo. Miky saca de su pantalón el cuchillo de caza que acaba de ganarse y que parece formar parte de su mano, y lo apunta en dirección a Mustang, que ya va lejos.

—¡Me la debes! —lo oye gritar a la distancia.

Corre por las calles del barrio, se adentra en un callejón similar al que da acceso a la cancha. Avanza, pero el tramo se le hace infinito, la oscuridad lo envuelve, no puede ver las paredes ni el final del pasillo. Estira los brazos en las tinieblas, hacia los lados, y en lugar de paredes siente que toca una masa viscosa, blanda, como si fueran cuerpos babosos de caracoles hinchados, sin concha, o lenguas de bocas enormes.

Observa a lo lejos unas pequeñas luces que emergen y, alrededor de estas, se va formando un rostro con lentitud terrible. Es la cara de un monstruo mirando directamente a Mustang. Incapaz de moverse, se ve obligado a observar la estampa completa del demonio que surge desde las sombras: su cara es alargada y lleva unos cuernos deformes que parecen ramas de árboles secos. Es gigante, va montado sobre un caballo negro que empieza a cabalgar en dirección a él con asombrosa rapidez.

Mustang deja de ser un adolescente y se siente un niño indefenso a punto de ser devorado por la bestia del callejón. Intenta gritar, pero el sonido muere en su garganta.

Con el corazón agitado, Martín abrió los ojos mirando el techo de pintura amarillenta que alguna vez fue blanca, sin entender aún que había despertado de un mal sueño. Sudaba. Sintió la ropa pegada al cuerpo, y enseguida asimiló que yacía en la dura colchoneta del cuarto de huéspedes de la casa de Rei.

XV

MAESTROS Y DISCÍPULOS

Martín bajó del techo con los implementos de práctica y entró en la sala. Rei y su esposa Marbella meditaban frente a un pequeño altar budista. «La hora de los murmullos», se dijo mientras ordenaba las cosas, evitando interrumpir la oración.

Se sentó en el piso a esperar que terminaran. Luego de un par de semanas como huésped, había aprendido la rutina. Sus anfitriones vivían solos en una casa pequeña y modesta. No tenían muebles, solo tres bancos de madera, varios cojines y una mesa plegable que usaban para atender a sus clientes de quiropraxia, acupuntura y *reiki*. Para comer rodaban los bancos y desplegaban su menú vegetariano.

El maestro vivía en un suburbio tranquilo, un barrio dormitorio. Los vecinos salían desde muy temprano a trabajar a Caracas y regresaban por la noche. Martín laboraba en el mototaxi en las mañanas, alejado de la zona del Perro y el Miky. Los días de entrenamiento subía con Rei a las prácticas del parque, siempre atento a la posible aparición de un pegador. Pero las verdaderas lecciones, aquellas en las que los maestros mostraban todo su potencial, se daban los fines de semana en la cubierta de la casa de Rei.

El techo, que también servía de tendedero, se organizaba los sábados y domingos como gimnasio alternativo. Pero solo acudían Rei, Aníbal y Dago. Y ahora Martín.

Descubrió que, en el parque, al aire libre, expuestos a las miradas, no todo el conocimiento y la técnica eran revelados. Aquello era otro nivel y le estaban permitiendo el acceso por encima de otros más antiguos como J.J., Pablo o Eloísa. Lo preparaban para el torneo, pero también ante cualquier ataque de su ex banda. Esquemas complejos, con mayor rapidez, fuerza y precisión. Combates entre maestros con y sin armas. Y largos periodos de meditación que denominaban *chi kung*.

—Lo de meditar no está mal, pero creo que perdemos tiempo. Me formé como boxeador y eso es dándole.

—El *chi kung* es cualquier cosa menos una forma pasiva de meditación —respondía Rei—. Todo lo contrario, es otra forma de entrenamiento. El kung-fu no nació como un arte de guerra. Sus precursores fueron monjes enclaustrados en templos budistas en busca de iluminación. Es un método de lucha, pero también una filosofía que busca la paz interior. El combate físico y la espiritualidad se complementan. *Yin-yang*, muchacho, la dualidad del universo, el equilibrio de la luz y las sombras.

—Ya.

—Al principio cuesta entenderlo, lo sabemos. Pero debes trabajar la unidad de cuerpo y mente. Ven, cierra los ojos. Respira. Siente la energía vital, el *chi*. Las formas están aquí —Rei presionaba su sien—. El cuerpo solo ejecuta una orden. Si estás conectado, no habrá brujería que te detenga.

Se enteró de que, a pesar de los roces entre escuelas, nadie sabía del nivel de Dago hasta su exhibición en la Casa China, desobedeciendo a los maestros para impresionar a Meiling.

«Y quién lo culparía», pensaba. «Con una jeva así me peleo los doce *rounds*».

De ahí provenía la incomodidad de Rei y la obligada aceptación del reto del maestro Zhang. Pero lo que evitaban contarle era la verdadera razón por la cual mantenían ocultas sus habilidades.

Rei y Marbella, sentados frente al altar, hicieron sonar, con un bastoncito ornamentado, una campana cóncava de metal y terminaron de orar entonando su mantra tres veces. Cerraron las pequeñas puertas de madera, resguardando el pergamino ante el cual oraban y se levantaron. El olor a sándalo del incienso impregnaba el aire.

—Mi amor —dijo Rei con voz pausada—, prepara el té, que mi pana y yo vamos a conversar un rato.

Rei acercó uno de los bancos y se sentó frente a Martín. La apariencia ruda que le otorgaba a su físico décadas de entrenamiento, era borrada por la expresión relajada de su rostro.

—Ya organicé todo, *sifu*.

Martín señaló las armas y el *jong*, el rudimentario muñeco de madera de múltiples brazos con el que practicaban golpes, patadas y llaves. En la sala también había diplomas, retratos de las hijas, que se habían marchado al crecer, e implementos de trabajo que armonizaban entre sí de forma curiosa. Y libros. Rei rellenaba los recovecos con libros de toda clase, algunos bastante viejos.

—Como le dije antes, estoy muy agradecido con usted y su señora. Mientras consigo donde mudarme, le pido que me acepte el dinero por el tiempo que me quede.

—No ofendas mi hospitalidad, Martín. Acepto lo que traigas para colaborar, pero no necesito que me pagues. Te quedarás aquí hasta que sea seguro, pero primero quiero que me cuentes en qué lío estás metido. Te he dado confianza y he abierto las puertas de mi casa, porque creo en ti. Cuéntame. Ahora.

Marbella irrumpió con dos tazas humeantes de té verde. Los hombres tomaron cada uno su taza, dieron las gracias y el primer sorbo.

—Yo era muy mala conducta, Rei. Desde carajito pertenezco a la banda de los Pegadores, me decían el Mustang. Me reclutó su líder, el Brujo. Dijo que ganaría mucha plata y abandoné la escuela. Empecé como garitero, cantando la zona. Después me dieron una moto y todo.

Rei lo miraba con atención. Martín hizo el gesto involuntario de buscar un cigarrillo en su bolsillo y desistió.

—Robábamos carros, trampeábamos cajeros automáticos y volvíamos a la cancha. Pero, además, cuidábamos nuestro territorio. Eso siempre llena de violencia al barrio.

Martín levantó la taza del piso, sopló el humo que se elevaba del té y dio un largo sorbo antes de proseguir.

—Del Brujo también aprendí boxeo. Él llegó a ser campeón estatal, peso *welter,* pero aquí el deportista se muere de hambre. Por eso los Pegadores sabemos mover las manos —Martín subió la guardia y movió los puños de atrás hacia delante.

—El Brujo fue el padre que no tuve, un mal padre, y no solo para mí sino para su hermano el Perro y para el Miky. Todos queríamos ser como él. Cuando el Brujo cayó preso, el Perro tomó su lugar y se volvió sanguinario, cambió los puños por pistolas. Se metió en el negocio de las drogas y ya no quise seguir con ellos, ¡qué va!, y por eso trataron de joderme. —Se llevó el dedo índice al mentón— ¿Ve esta cicatriz en mi barbilla? Luego de una golpiza me echaron por un barranco, y dicen que estuve muerto. Lo único que recuerdo, antes de despertar en el hospital, fue una voz de vieja que decía «¡todavía no!».

—¿Y quién era?

—No lo sé, tal vez alguna doctora que me atendió. Es raro, pero esa voz aún me atormenta. A veces la escucho en sueños.

—¿Cómo te encontraron de nuevo?

—Bueno…

Martín bajó la mirada hasta sus zapatos. Luego bebió el té restante de un tirón y reanudó la conversación.

—Entré a la escuela de *hung* para mejorar mi técnica, formar mi propia banda. No pensaba con claridad. Hace unos días, regresé al barrio, tratando de cobrármela, pero lo que hice fue desatar los demonios. Creí que podía vengarme y hacer borrón y cuenta nueva, pero ya ve.

—Más razón para quedarte aquí hasta que bajen las aguas. Al menos, ya tienes la cabeza despejada.

—No sé, maestro. La calle es una ruleta rusa y a mí me salió la bala. Yo entrené *hung gar* pensando en venganza y me equivoqué. La vida del pegador está maldita; ese poder no dura nada, es una autoridad vacía. Pero tampoco creo que esto sea lo mío.

Rei apresuró su taza de té y negó con la cabeza.

—Es al revés, Martín. Tu norte está claro como el día. Confía en el *hung gar*. No se trata de un camino cualquiera, sino del camino de tu transformación. Tu destino depende totalmente de ti. Claro que no vas a dejar de enfrentarte a problemas, pero, al menos, tendrás el control de tu vida.

—Tengo veintiséis años, soy muy viejo para meterme a boxeador profesional. Menos voy a ser maestro de *kung-fu*.

Rei lanzó una carcajada espontánea. Abandonó el tono serio.

—Te equivocas de nuevo. Nunca es demasiado tarde. Llevas toda la vida peleando en la calle, has boxeado, eso cuenta. Aquí nos retamos, no nos resignamos. ¿Cuántos años crees que tengo?

—Ni idea, ¿cincuenta o menos?

—Sesenta y uno.

—¿En serio, Rei? ¡No me jodas...! Disculpa, no parece. —Martín lo miró de arriba abajo, incrédulo.

—El *hung gar* rejuvenece —contestó el maestro flexionando el brazo derecho y mostrando la pequeña montaña que era su bíceps—. Aquí me ves, más activo que nunca.

Rei se levantó. Caminó hacia una esquina donde había una pila de libros. Retiró uno color rojo con letras negras y doradas.

—Toma, es para ti. Un préstamo.

Martín lo miró como si quemara.

—No, gracias, no me concentro leyendo.

—Este te gustará. Dale un chance.

El arte de la Guerra, Sun Tzu, leyó Martín en la portada. «Al menos es corto».

—Hay algo que quería preguntarle y que me hace ruido —dijo poniendo el libro a un lado—, ¿por qué tanto secreto con la escuela?

—Por decisión de la maestra Hu. Se marchó hace quince años, luego de nombrar a sus cuatro discípulos legítimos: Virginia, Jonathan, Aníbal y yo. Desde entonces no la hemos vuelto a ver, si es que aún vive. Sin embargo, uno sigue unido en espíritu con su mentor y hay que obedecer su voluntad.

—Era china, ¿cierto? —insistió Martín con ánimo de sacarle más información.

«Me lo he ganado».

—No solo eso, sino que su línea de maestros llega directa hasta el mismísimo Wong Fei Hung, el creador de nuestro estilo, y su discípulo Lai Sai Wing, decimos gracias —Rei hizo un rápido saludo de *kung-fu* con los puños—. Ella recorrió las escuelas de *kung-fu* del país y nos seleccionó entre los mejores ¿Quién podía negarse? Hay cosas difíciles de explicar…

—No pasa nada, *sifu*.

—No, mereces saberlo. Cuando *sifu* Hu era muy joven, la desterraron del Templo Shaolin del Sur por profanar un conocimiento que le era vedado. Fue la aprendiz más aventajada y tenía derecho a tal revelación. Pero era mujer en un mundo de hombres. Al morir el guardián del templo, supo que los más antiguos la apartarían, y que el secreto de los maestros fundadores nunca estaría a salvo. Se adelantó a tomarlo en contra de las reglas. Por eso tuvo que exiliarse.

—¿Y les contó de qué se trataba?

Rei cerró los ojos. Asintió antes de volver a abrirlos.

—Sí. Un sutra secreto con las cuatro técnicas-puente que conducen a una forma suprema del *hung gar*.

Martín enarcó las cejas.

—Escucha bien, muchacho, porque no suelo hablar de esto. El gran maestro Wong Fei Hung, el tigre después de los diez tigres, en el ocaso de su vida y en estado de iluminación, desarrolló cuatro técnicas-puente que solo confió a su discípulo Lam Sai Wing. Esta revelación, superior a sus enseñanzas anteriores, fue transcrita como su más profunda enseñanza y resguardada en un sutra, un manuscrito, en el Templo Shaolin del Sur.

Rei hizo una pausa, Martín no se movió ni dijo nada.

—Según nos contó *sifu* Hu, el gran maestro Wong Fei Hung predijo la aparición de un sucesor que dominaría las cuatro técnicas-puente y tendría la capacidad de armar la forma suprema: el *Báihǔ Kyun*, la forma del Tigre Blanco. Algunos la consideran la llave a un estado superior del ser, también conocido como la novena conciencia.

—¿Algo así como una técnica perfecta?

—Lo que logra el *Báihǔ Kyun* —continuó Rei— es transferir tu energía *chi* para atacar o defenderte de un ataque. La técnica eleva tu *chi* interno y permite encauzarlo y proyectarlo a donde quieras.

Marbella les pasó por un lado descalza, como una gata, sin hacer ruido. Corrió las persianas y abrió la ventana dejando entrar la brisa y la luz. Con la misma sutileza se retiró a su habitación.

—¿Y la maestra Hu conoce esa técnica? —preguntó Martín, acercándose a Rei como si le costara escuchar lo que decía. Sintió su pulso acelerarse.

—Ella vio el sutra una vez, sin autorización, antes de que el pergamino se quemara en el templo por accidente, pero pudo memorizar las cuatro técnicas-puente. Desterrada, huyó de China, porque los guardianes responsables de custodiar ese conocimiento la perseguían. Llegó a Japón en una época de conflictos entre ambas naciones. Se refugió en un templo de corriente *mahayana,* la principal rama del budismo, afianzando su espiritualidad en las enseñanzas de los maestros Shakyamuni, el erudito T'ient'ai y el reformista Nichiren Daishonin.

—El budismo que ustedes practican —comentó Martín, mirando el pequeño altar de madera.

—Exacto. Con el tiempo, sus perseguidores, corrompidos y convertidos en tríada, la hallaron en Japón. En su desesperada huida vino a parar a América y montó su pequeña escuela con una fachada de tienda de mascotas. Cuando supo que de nuevo le pisaban los talones, desapareció. Pero antes nos enseñó a sus cuatro discípulos una técnica-puente diferente, nos pidió separarnos y abrir nuestras propias escuelas. De nuestros discípulos saldría aquel que, en combate, ganaría cada una de las técnicas-puente y desvelaría la forma suprema.

—¿Y por qué ella no pudo armarla?

—Su conclusión fue que no podemos captar esta forma suprema si solo leemos el sutra o lo comprendemos intelectualmente. Debe percibirse en la acción, ganarse las técnicas en combate para poder desarrollarla.

—O sea, Rei, que cada discípulo, al conocer una sola técnica-puente, la puliría hasta la perfección. Luego el mejor de los cuatro, al vencer a los demás en combate, tendría la habilidad de entender la forma esta suprema…

—¡Muy bien!, algo así. Sin embargo, Aníbal y yo nos quedamos en Caracas y preparamos a un solo discípulo, el primero y más destacado, que aprendió por separado nuestras dos técnicas. Es decir, nos venció en combate. Ni siquiera yo conozco la técnica-puente de Aníbal y viceversa. Pero mi discípulo, sí.

—Dago…

—Y ahora corremos peligro por su pequeño desliz, cierta exhibición en la Casa China que pudo haber prendido las alarmas, lo que indica que se nos agota el tiempo. Es hora de que mi discípulo combata por las otras dos técnicas-puente antes de que lo ubiquen los Guardianes, la tríada que ha perseguido por años a la maestra Hu.

—¡Dago debe retar a los discípulos de los otros dos maestros *hung*!

—Sí. Por eso ya no tiene sentido seguir en perfil bajo. ¡También iremos por ese torneo!

—Ganaremos ese torneo, maestro. Cuente con eso.

—Respecto a eso... —Rei se rascó la cabeza entrecana—. Yo no seré tu maestro. Serás el discípulo de Aníbal, él completará tu entrenamiento.

«Mierda», pensó Martín cerrando los ojos.

XVI

SAN RAFAEL DEL PÁRAMO

MÉRIDA, VENEZUELA

El niño la despertó con brusquedad. Sobresaltada, Yara lo empujó por puro reflejo, pero enseguida se espabiló. El niño ignoró el golpe, se mantuvo al pie de la cama. Gesticulaba en la penumbra, desesperado. Yara, confundida, aún no entendía que hacía en su cuarto, de madrugada. Sus sentidos se activaron.

—¿¡Qué pasa, Simón!? —dijo a voz alzada, al mismo tiempo que empleó las manos para hacerse entender. El niño se llevó un dedo a la boca, intuyendo que gritaba. Luego se tocó el oído con el dedo. «Quiere que escuche», comprendió Yara. Entonces prestó atención.

Oyó ruidos lejanos, provenientes de la planta baja. «¡*Sifu* Virginia!». Brincó de la cama. Salió del cuarto descalza y en pijama, el niño tras ella. Como una gata, avanzó en la oscuridad hasta la escalera. Desde allí arriba pudo ver la puerta que comunicaba con el patio, entreabierta. La luz estaba encendida. Percibió voces apagadas, sonidos secos.

El niño llamó su atención y articuló tres palabras por medio de señas: «Intrusos». «*Sifu*». «Peligro». Ella también le respondió por lengua de señas: «Sígueme». Bajaron las escaleras con tal precisión que parecían animales de caza con visión nocturna. De algo servía el entrenamiento de tantos años con la más ágil de las maestras. Al menos, eso pensaba Yara.

—¡Habla! ¡Muestra tu técnica-puente!

—Nunca.

—¡Estúpida, mujer!

Ya en el umbral para acceder al patio, Yara pudo ver con claridad lo que pasaba. Su maestra se defendía de cinco hombres vestidos de negro, siendo brutalmente golpeada con bates y palos de madera. Tomó al niño por la cara. Le señaló el interruptor de la luz, dentro del patio, moviendo el dedo índice y el dedo medio de la mano como si se tratara de una tijera. El niño asintió.

Cuando los hombres vieron al niño entrar, se sorprendieron. Detuvieron el ataque a la maestra sin saber muy bien qué hacer. La mujer, herida, desvió la mirada y se cruzó con la de Yara, oculta. El niño echó a correr por el patio y uno de los hombres, con acento chino, gritó:

—¡Atrápenlo!

Dos de los hombres de negro, uno que sostenía un bate y el otro una cadena, corrieron tras él, aunque las paredes del patio eran lo suficientemente altas para evitar su salida. El niño se detuvo junto a una de las paredes. Los hombres, a punto de alcanzarlo, se miraron, sonrientes. El niño saltó. Se hizo la oscuridad.

—¡Apagó la luz!

—¿Qué? Aaaahhhhh….

—¡Coño! ¡Co...!

—¡Nos atacan! ¡Mierd...!

—¡No veo! ¡No veo! ¡¡Arggggg!!

—¡Corran, corran! ¡Por aquí!

Al encender la luz el niño de nuevo, ya los hombres habían huido. Llevaba un bate en una de las manos. Otras armas quedaron regadas por el patio. Miró a Yara que también sudaba. Su pijama estaba cubierto de sangre al igual que sus uñas. El niño se quedó viéndola correr hacia la maestra, que daba muestras de no poder levantarse.

—¡*Sifu*!

La maestra apretó la mano de Yara. Intentó hablarle. Su discípula acercó su oído a su boca.

—Gracias...

La maestra Virginia se desmayó. Yara gritó y lloró de rabia. El niño no la escuchaba. Se distrajo mirando un objeto brillante en el piso. Lo tomó fascinado. Se apresuró a mostrárselo a Yara. Era un anillo con el dibujo de un tigre de rayas rojas y negras en el centro.

XVII

EL TORNEO

La plataforma de la concha acústica se adaptó como cuadrilátero *lei tai* para el Campeonato Sanda Interescuelas, modalidad libre. Estaban permitidas las técnicas de cada estilo: sus golpes, agarres y derribes, pero respetando reglas mínimas para evitar lesiones graves. Rei y Aníbal decidieron que únicamente participarían J.J., Eloísa y Martín, pues no era conveniente seguir exponiendo a Dago. Lo presentaron como tercer maestro de la escuela. A Pablo, una cuarentena por dengue lo había confinado y aún distaba de estar en óptimas condiciones para pelear.

—Eso le pasó por malasangre —comentó Eloísa, alisando hacia arriba con los dedos la cresta azul que era su cabello.

Entre el público, abarrotado de habituales al parque y de entusiastas de las artes marciales, destacaban los maestros de las escuelas de *kung-fu* de Caracas. Pocas veces se reunían fuera de eventos en la Casa China. Eso incluía a Boris, Aníbal y Rei. El Parque del Este se convirtió en un barrio chino itinerante.

Antes del inicio, Martín divisó a Meiling, vestida con su uniforme dragón, rezagada de su grupo. La abordó.

—La chica de los tridentes y las formas bonitas.

—¡Hola, Martín! ¿Sigues dudando del estilo dragón?

—¡No, para nada! Me refería a ti —Martín la vio levantar la ceja, expresión de haber pasado la raya de la confianza, y cambió el tema de inmediato—. ¿Vas a competir? No llevas el *piercing*.

—Obvio.

—Excitante, ¿no? Yo también competiré.

—Sí, es emocionante, aunque mi padre disimule lo rabioso que está ahí en el palco, junto a *sifu* Zhang. Se acaba de enterar —Meiling le guiñó un ojo—. Es mi primer torneo oficial, pero no temas, lo haré en la categoría femenina.

—¡Qué lástima! Me hubiera gustado recibir una paliza tuya. ¿Tu viejo no quiere que pelees?

—Es por su posición… Mi padre es el embajador —respondió Meiling en un tono que no transmitía orgullo sino desencanto.

«La hija de un pez gordo», pensó Martín con algo de pesar. «Está fuera de mi liga».

—No, no sabía… Cuando ganes, seguro se le pasa.

—¡Gracias, tigre! Saluda a Dago de mi parte.

«Gancho doble al hígado y no ha empezado el torneo».

Meiling se fue directo a su esquina, los combates empezarían en quince minutos. Derrotó a dos oponentes, una tras otra. Su tercera rival fue Eloísa, un encuentro muy parejo y poco amistoso. Ambas demostraron habilidad y precisión. Hubo momentos en que el intercambio de estilos dragón y tigre pareció coreográfico con cada ataque y defensa simultánea. Pero Meiling, con una barredora y remate en el piso, se impuso en el último *round*. Se coronó por primera vez campeona femenina. Venció a la Escuela Fu Hok y dio, así, un nuevo título a la Escuela Dragón de Boris. Eloísa la felicitó sin mucha efusividad, pero con respeto.

—Tuviste suerte. Esta vez —Increíblemente y a pesar del desarreglo de su uniforme, no había perdido la cresta de su peinado.

J.J. y Martín también llegaron a la final de sus categorías. Vencieron los combates clasificatorios por puntos. Martín casi pierde el primero al sentirse abrumado por los gritos del público que abarrotaba el parque. Ni siquiera los coliseos del barrio La Cobra ni las peleas de boxeo clandestinas eran tan estridentes. Cuando recibió una patada en el hombro que lo descolocó, perdiendo un punto, salió de su miedo escénico, tornándose implacable en su particular mezcla de boxeo y *hung gar*.

«Sé violento y preciso. Y no te atrevas a dejarme en ridículo». Fueron las únicas palabras que le dedicó el maestro Aníbal antes de subir a la plataforma.

Rei acordó que, siendo Dago su discípulo, Martín lo fuera de Aníbal. Entrenaron juntos durante doce semanas, las más duras desde su llegada a la escuela. A diferencia de Rei, el maestro Aníbal no era un dechado de paciencia. No había que dejarse engañar por su baja estatura y su inexpresivo bigote. Era como entrenar con un Chuck Norris de pelo negro. No sabía mucho de comics ni de *anime* japonés, pero Dago lo llamaba en secreto Vegueta. Su método se basaba en la repetición, fuerza y castigo ante el error, lo que le recordaba los entrenamientos del Brujo.

—*Sifu* —le preguntó en una oportunidad—. ¿Por qué me entrenas a mí y no a Pablo, tu sobrino?

—Es inestable. Se va, vuelve, un día quiere ser futbolista y al otro músico. El arte del combate tiene que obsesionarte, y eso lo veo en ti. Si no, no sirve. Ahora muévete y termina tu esquema, aquí no vinimos a charlar.

Cada desatención era castigada con veinte minutos inmóvil en la postura del jinete, lo que hacía que le temblara el cuerpo y se le acalambraran las piernas. Las distracciones en combate se pagaban con un sonoro golpe de mano abierta en la cara, y dependiendo del caso, en los testículos.

—¡No bajes la guardia! ¡Cada ataque es una defensa y viceversa!

No pocas veces se contuvo de devolverle el golpe al maestro. Dago, por su lado, también le dio un breve consejo antes de entrar al cuadrilátero.

—¡Vuélvete nuclear!

A J.J. le tocó disputar la final con el Gato Volador Edwards, discípulo del maestro Wen, de la escuela de *wushu* moderno. Vestía uniforme deportivo, *short* rojo y blanco, y franelilla de igual tonalidad con el estandarte de su escuela bordado, al contrario de J.J., quien llevaba un uniforme tradicional de pantalón negro y camisa blanca trenzada. Martín calentaba cerca de la esquina, entre un combate y otro, y pudo escuchar parte de lo que Dago le dijo:

—Si te parece tan rápido, piensa que los de su estilo son como una motocicleta y nosotros un camión de carga. ¡Arróllalo!

Edwards inició su ataque con un salto y una patada circular que sobrepasó la defensa de J.J. y le dio a la altura de la oreja. Lo desorientó por unos segundos y le arrebató un punto. El primer *round* transcurrió en los intentos de golpe de J.J. y la rápida sucesión de patadas de Edwards. El segundo no fue diferente hasta que Edwards lanzó una patada alta que J.J. detuvo con ambas manos, y lo derribó con una proyección que reforzó con un *clinch* de varios segundos. Eso los igualó en el marcador.

Al reanudarse la acción, J.J. no esperó por su rival, sino que atacó con un contundente empuje de palmas mariposa, que arrojó a Edwards fuera del cuadrilátero. Fue la primera victoria de la escuela Fu Hok. No hubo mucha efusividad por parte del público.

«Nos ven como a los malos», fue la conclusión a la que llegó Martín.

La última final fue la de Martín contra Vicenti, discípulo del maestro Heung, de la Escuela Choy Li Fat. Varios ataques de Vicenti le parecieron similares al *hung,* pero los bloqueos de su contrincante parecían diseñados para contrarrestar su estilo. Un aturdidor puño en hacha en su cabeza le confirmó que Vicenti no jugaba. Le arrebató la confianza y un punto. Su rival lo había acorralado e intentaba tumbarlo con barredoras y veloces movimientos circulares. Buscaba el segundo tanto. Martín evitó complicarse y lo abatió de la manera más simple. Un combo básico de boxeo: *jab*, cruce, *upper* y un poderoso gancho al costado. A la cara de dolor de Vicenti le siguió una caída estrepitosa, lo que otorgó a Martín una incuestionable victoria por nocaut.

Clausurado el torneo y entregadas las medallas a los ganadores, las escuelas pasaron a saludarse informalmente. Martín se fijó en Dago que la daba un fuerte abrazo a Meiling y le susurraba algo en el oído. En cuestión de segundos, Boris se interpuso.

—¡Es una pena que la categoría de maestros no exista aquí!

—¿Qué tal si la inventamos hoy, maestro Boris?

—¡Boris, por favor! —intervino Meiling.

—¡*Sifu,* Boris para ti, Meiling!

«Esto se pone bueno», pensó Martín, que fue aproximándose al lugar del altercado mientras la gente empezaba a dispersarse por la clausura del torneo.

Vayamos al claro de las piedras —dijo Boris señalando a Dago—, allí tendremos privacidad. Oí decir que tu escuela la fundó una mujer, quizás sea hora de que aprendas lecciones de hombre.

—¡Cállate y vamos! —cortó tajante Dago.

Ambos caminaron hacia el claro con paso acelerado, alejándose del tumulto. Meiling le hizo señas a Martín de seguirlos. Los maestros salieron del camino pavimentado del parque, desviándose a uno de tierra y grama seca bordeado de árboles altos. Subieron una pequeña cuesta. Al bajar, alcanzaron el claro semioculto entre grandes rocas grises. Los hombres tomaron distancia y marcaron un fugaz saludo. Martín y Mei aguardaron en la cuesta.

Dago atacó con su combinación de puños largos y cortos, a la que llamaba el martillo de Thor. Boris intentó detenerlo en vano. Era como ver a un león embistiendo a un cazador desarmado. Boris, como pudo, se zafó de caer apoyando su brazo izquierdo en el piso. Estiró el otro brazo, colando una garra de dragón en el pecho de Dago. Estrujó con fuerza su pectoral derecho.

Meiling y Martín bajaron de la cuesta en el momento del contraataque y punto final del combate. Dago respondió a la garra del dragón con la garra del tigre en una seguidilla de tirones, torceduras y desgarros. Con Boris yaciendo derrotado en la grama, Dago lanzó un último puño de pantera, deteniendo los nudillos justo frente a la nariz de su rival.

—¡Esto se acaba aquí, Boris! Te quiero lejos de la Escuela Fu Hok si quieres mantener en privado esta derrota. ¡Ahora, levántate y vete!

Martín se volvió hacia los curiosos aglomerados. «¿De dónde salieron?». Creyó reconocer el perfil de un hombre que se retiraba, un tipo fornido con cara de rata.

«No puede ser él. Estoy frikeado, es todo».

Emprendió el camino de vuelta tras Meiling y Dago sin perder la sensación de que lo espiaban.

XVIII

EMBOSCADA

Los maestros Reinaldo y Aníbal, junto a J.J., Pablo y Eloísa, esperaban a que Dago y Martín llegaran a celebrar en Las Tres Esquinas. Había transcurrido una hora desde la premiación y ya llevaban tres rondas de cerveza. Al verlos entrar al restaurante, se percataron del semblante y la facha de Dago. Era evidente que había peleado.

Rei se levantó de la silla y lo tomó por el hombro.

—¿Qué pasó?

—Nada grave, maestro. Tuve que honrar a la escuela. El Boris me retó a un intercambio privado.

—¿No pudiste evitarlo? —preguntó Rei con suspicacia.

—Es que…

—Meiling otra vez. Ve con cuidado, Dago, esa muchacha te descontrola. Recuerda lo que pasó en la Casa China.

—Palabras sabias, maestro —intervino Martín.

—Perra —murmuró Eloísa al oír hablar de Meiling.

—¿Van a quedarse ahí o van a beber? ¡Tengo un discípulo, campeón! —gritó Aníbal desde la mesa alzando una botella. Martín le guiñó un ojo.

—¡Epa! No olviden que yo gané primero y que Eloísa es subcampeona —dijo J.J. frotando su medalla que aún llevaba puesta—. De hecho, siempre gano, ¿verdad, maestro punta de lanza?

Dago ignoró el comentario y se sentó a la mesa, lo mismo que Rei y Martín. De inmediato llegó una nueva ronda: seis cervezas frías y una Coca-Cola para el convaleciente Pablo, que se acercó a la arepera a celebrar.

—¡Salud! —brindó Aníbal, inusualmente elocuente—. ¡Por la Escuela Fu Hok! ¡El *chi* sea uno con nosotros!

—¡Con todos! —respondieron al unísono. El local estaba casi vacío, pero, de algunas mesas, se volvieron a mirarlos.

Luego del brindis, el maestro Rei pidió la atención del grupo. Habló en voz baja.

—Muchachos, es hora de honrar nuestro compromiso con *sifu* Hu —Todos se miraron para luego inclinarse en sus sillas en dirección al maestro—. Ustedes saben que Dago ganó dos de las cuatro técnicas-puente, y es momento de que vaya por las otras dos —Dago asintió con expresión solemne. Una nube invisible de calor rodeó el círculo que formaban alrededor de Rei.

—Debes derrotar a los discípulos de los maestros Virginia y Jonathan. Solo así, con las cuatro técnicas-puente ganadas en combate, podrás descifrar el *Báihǔ Kyun* y convertirte en el gran maestro que honre el legado de Wong Fei Hung y el sacrificio de Hu.

Rei desvió la mirada y la fijó en Martín.

—Tú vas a acompañarlo.

—¡Pero maestro, yo soy el más antiguo después de Dago! —gritó J.J., apartando de un tirón la mata de cabello castaño que le cubría los ojos, dejando al descubierto la indignación de su mirada. Sus mejillas enrojecidas, un poco por la molestia y otro poco por el alcohol, daban a su cara redonda un aspecto más gracioso que iracundo.

—¡Silencio! —le respondió Aníbal—. Esto no es un tema de antigüedad. Martín tiene calle y se trata de proteger a Dago.

—Gracias, pero sé cuidarme solo —respondió Dago con una sonrisa forzada.

—Se humilde, *si-di* —sentenció Rei—. Debes viajar a Mérida a retar al discípulo de Virginia y luego volver a Vargas por el discípulo de Jonathan. Dos extremos del país, es un viaje largo y no eres el único tras la forma suprema, hay otros rondando por ahí.

—Zhang —acotó Aníbal—. Ese gordo vino a retarnos después de tu exhibición, no es de fiar. Así que mañana los quiero activos a ustedes dos.

Pagaron la cuenta y salieron al estacionamiento sin techo del local. Ya era de noche. Rei y Martín volverían en la Suzuki hasta la casa del maestro. Debían empalmar con la autopista Gran Mariscal de Ayacucho y rodar sus treinta kilómetros hasta Guarenas.

Se despedían frente al pequeño Renault de J.J., cuando un grupo de diez hombres vestidos de negro salió de un viejo camión aparcado a poca distancia de donde estaban. Portaban bastones, cadenas y cuchillos largos.

—¿Son ustedes los discípulos de Hu?

El hombre habló con acento chino.

—*Shì* —contestó Rei—, pero nunca obtendrás lo que buscas.

El líder del grupo, un hombre de baja estatura, los señaló. Los diez hombres de negro se lanzaron al ataque. Sin tiempo para reaccionar, los siete miembros de la Escuela Fu Hok recibieron la embestida entre las hileras de carros. La noche y la nube de polvo que levantaba el piso de tierra hacían más confuso el asalto. Las armas se levantaban y caían. Un fragor de golpes, crujidos y gruñidos perforó el aire caliente. Rei tuvo la impresión de verse acorralado en un motín carcelario.

Al cabo de pocos minutos, las armas habían cambiado de manos. Eran sostenidas por los seis hombres y la mujer antes desarmados. Apuntaban a los asaltantes de negro. Los hombres retrocedieron para regresar a la parte trasera del camión que permanecía encendido. Rugió el motor, y el camión salió del estacionamiento rumbo a la avenida Rómulo Gallegos.

Un repique telefónico interrumpió las maldiciones y sacudidas de ropa posteriores a la pelea.

—¿*Sifu* Rei…, naldo? —preguntó una voz entrecortada al otro lado de la línea. Una voz de mujer.

—Sí, diga —respondió jadeando.

—¡Asesinaron a mi maestra!… Virginia… —La llamada se cortó. Rei marcó de vuelta, pero no pudo comunicarse.

—Guardianes… —susurró Rei, más para sí mismo que para el grupo. Los vio mostrarse los rasguños y moretones. Nadie había salido herido.

XIX

GUARDIANES

La oficina de Zhang era pequeña, casi incómoda. Su decoración minimalista constaba de un par de papeles de seda colgantes, una pintura del dios de la guerra, Kuan Kung, rodeado de nueve dragones, y una punta de lanza de metal de color gris plomo enmarcada en cristal. Del resto, todo allí tenía un uso práctico para el trabajo de jefe de seguridad de la embajada.

Zhang debía atender la videoconferencia en breve, así que dejó lo que estaba haciendo. Pasó el seguro de la puerta. Luego cubrió las cicatrices de sus manos con guantes negros. Usarlos era una costumbre tan arraigada como llevar una segunda piel. Pero había días, como ese en particular, en los cuales la memoria lo traicionaba haciéndole revivir el dolor de sus marcas.

Antes de sentarse frente a la portátil encendida, se cubrió el rostro con una máscara de dragón rojo. Ahora sí, todo su cuerpo estaba oculto. Le fastidió el olor a pintura de la parte interna de la madera, nada nuevo, pronto se le pasaría. Por último, se colocó en el dedo anular izquierdo un anillo circular, con el tallado de un tigre de rayas negras y rojas.

Una vez instalado en su escritorio de madera de cerezo, apretó la tecla *enter*. Se unió en videoconferencia a la sesión con otros hombres, también ocultos tras máscaras de colores. Desconocer la identidad de los miembros de la tríada evitaba las delaciones.

—Finalmente, ubicamos a los discípulos de Hu, pero ha sido infructuoso sacarles información —dijo Zhang con voz encajonada.

—Ese conocimiento no les pertenece a ellos, Número Uno. Debemos hacer algo antes de que sea tarde —respondió desde la pantalla una máscara de demonio más grande que las otras, con dos cuernos lisos que quedaban cortados en la visual del portátil.

Las otras máscaras asintieron desde la pantalla dividida, incluido Zhang. «Es a mí a quien pertenece, a nadie más», pensó, pero no lo dijo.

—Tomaré medidas, por mi honor y juramento a los Guardianes. Pero necesito refuerzos. A los imbéciles que tengo aquí se les fue la mano en las montañas de Mérida tratando de obtener una de las técnicas-puente. Quiero a un profesional. ¡Es hora de que envíen a Han, heredero del linaje de los Ocho Reyes Dragones! —exigió Zhang, alzando la voz.

Acto seguido hubo un breve corte en la señal, como un largo parpadeo telemático. «Lo consultan. Traer a Han es costoso, pero no hay remedio. Ubicar la escuela del Parque nos abrió las puertas, las conexiones de Hu, pero mis hombres acá no pudieron con el grupo de si*fu* Reinaldo, y luego van y hieren de muerte a si*fu* Virginia».

Un pitido como de fax anunció el retorno de la conexión de la videollamada. Zhang aguardó por la respuesta que ya intuía.

—Cuente usted con el dragón de Foshan, Número Uno —respondió la voz rasposa tras la gigante máscara de cuernos. La videollamada se cortó antes de que hubieran transcurrido diez minutos.

Zhang cerró la portátil. Se quitó la máscara. Inhaló profundamente. Se levantó y antes de guardar su avatar de demonio rojo que había dejado encima de la mesa de madera, se detuvo frente al marco de la punta de lanza gris plomo. Rio con amargura mientras se sacaba los guantes.

XX

Misión

Dago se adormiló en su asiento en apenas una hora del recorrido. Tenía puestos los audífonos. Ya antes, Martín le había interrumpido el sueño con citas del libro que Rei le prestó.

—Mira esto: «El ser invencible se apoya en la defensa. La posibilidad de la victoria, en el ataque».

Dago lo ignoró. Ya conocía *El arte de la guerra* de Sun Tzu y quería descansar. Era un viaje de catorce horas en autobús, saliendo de Caracas hacia el occidente del país. Antes debían pasar por las ciudades de Valencia, Araure, Guanare y Barinas, hasta llegar al estado andino de Mérida, ascendiendo por una carretera nublada de montaña fría.

El día anterior se reunieron en casa de Rei para armar la estrategia. Dago preparó una parrilla en la azotea. No le gustaba que lo ayudaran en su arte, así que él mismo encendió el carbón, arregló la carne levemente sazonada con sal, colocó los cortes en la parrilla, junto a morcillas y chorizos, y los roció con cerveza. También preparó una guasacaca de complemento, «el secreto de una buena parrilla criolla», una salsa espesa a base de aguacate, aliños y aceite. A medida que iba cocinando, con el humo elevándose desde el techo de la casa, colocaba las piezas jugosas, con cocción a término medio, en una bandeja gigante de metal para que cada uno se sirviera.

Aníbal llevó una caja de cervezas de lata, tipo Pilsen. Los demás colaboraron con refrescos y tapas. Martín se presentó con una docena de barras de pan de corteza dura.

—¿Qué tal la carne de solomo? —preguntó Dago, quitándose el delantal negro de chef, agobiado por el humo y el calor de un día sin nubes—. Me la traje del restaurante.

—Tres estrellas Michelin, maestro *chef*. Uno no se da este lujo todos los días. ¿Y cómo harás con el restaurante? —preguntó J.J. con la boca llena.

—Me asignaron un asistente nuevo. Me suplirá por una semana —contestó Dago, sirviéndose en un plato. Se sentó en una silla de plástico junto al grupo—. ¿Alguien ha visto a Eloísa?

—Dijo que no podía venir —respondió Pablo sin dar detalles.

—La muerte de Virginia lo acelera todo —habló Rei, introduciendo el tema con voz serena.

Hablaban mientras comían. No hacía brisa en Guarenas y las cervezas en la cava empezaron a escasear. El grupo acercó las sillas en torno al maestro.

—Dago tendrá que partir a Mérida para enfrentarse con la discípula de Virginia. No será fácil, pude volver a contactarla. Dijo llamarse Yara, derrotó sola a los asesinos de su maestra. Es una rival herida que buscará honrar su memoria —Rei bebió el último sorbo de su cerveza. Estiró el brazo hacia la cava y destapó otra, una de las pocas que encontró entre el hielo.

—Hu repartió las técnicas-puente atendiendo a las habilidades de cada quien. Virginia era la más rápida de nosotros. Además, fue quien mejor dominó las técnicas de patadas. Lo lógico es que su discípula sea igual. Su fortaleza la vencerás con la tuya; una sólida postura difícil de doblegar, tus llaves, palmas y técnicas de puño.

—¿Y qué hay del otro rival? —intervino Martín mientras masticaba un jugoso trozo de carne.

Aníbal y Rei se miraron. Aníbal tomó el relevo.

—Jonathan era el menor de los discípulos de Hu. Y también el más loco, el hijo de perra está loco.

—Jonathan era el más fuerte de nosotros —replicó Rei.

—Pero no tanto —agregó Aníbal entre dientes, como si le costara admitirlo—. Antes, con la maestra, entrenábamos duro, no como estos muchachos, que por nada lloran. Cuando *sifu* Hu se fue, el loco de Jonathan se retiró a un pueblo de playa y vive como un ermitaño.

—Es unos quince años mayor que Dago, así que debe rondar los cuarenta y cuatro. De su discípulo no sabemos nada —añadió Rei apartando su plato sin probar.

—¿Qué, eres vegetariano, ahora? —dijo Aníbal recuperando el plato de Rei para comerse la carne restante.

—Lo que recuerdo de Jonathan del poco tiempo que entrené en la trastienda de Hu no es muy alentador —dijo Dago apurando un trago de cerveza—. Metía miedo, parecía uno de esos gladiadores de lucha libre... ¿Tenía alguna debilidad?

—No, que yo sepa —contestó Rei frunciendo el entrecejo—. Tú dominas la técnica-puente de Aníbal, el puño de hierro, y la mía, los meteoros que caen. La técnica-puente de Virginia es la patada sin sombra y la de Jonathan —hizo una breve pausa, bebió de un tirón la cerveza recién abierta y cerró la mano en torno a ella reduciéndola a una pelota de metal—, las diez manos asesinas... Tendrás que apañártelas con lo que sabes. Confío en ti.

—Si estás muy asustado, me dices y yo voy —dijo J.J., que registraba la cava vacía.

—Tú, adonde tienes que ir es a la licorería con Pablo, mientras termino de cuadrar los detalles con mi escudero Sancho —contestó Dago mirando a Martín, que levantó una ceja mientras imitaba el movimiento en garra de Rei aplastando su lata de cerveza.

—Sancho será tu abuela..., *sijing*.

Martín lo volvió a sacar de su ensimismamiento. Le tocó el hombro con insistencia. Se sacó los audífonos con un gesto brusco y lo miró alzando las cejas.

—*Bróder*, ¿Sun Tzu hacía *kung fu*...?

XXI

YARA

Llegaron a Mérida al amanecer, pero todavía debieron recorrer dos horas de trayecto montañoso en un viejo todoterreno hasta arribar a la aldea de San Rafael del Páramo, encumbrada en los relieves andinos de la cordillera de Mérida. El vehículo los dejó a orillas de la carretera transandina a más de tres mil metros sobre el nivel del mar. Continuaron a pie bordeando el río Chama por un terreno yermo y neblinoso, delineado por frailejones floreados de amarillo.

El frío de las cumbres los abrazó sin soltarlos, y una repentina punzada en la cabeza aguijoneó a Dago. Quizás por ello sentía pesadez cada vez que apuraba el paso para alcanzar a Martín, maravillado ante el paisaje del páramo que rodeaba al pueblo.

—Esa debe de ser la posada —señaló Martín, expeliendo humo blanco por la boca. Dago asintió disimulando el malestar que se había instalado en su cuerpo. No iba a demostrar debilidad frente a su *sidi*.

«El cerebro me va a estallar».

El techo del porche de entrada se sostenía sobre troncos macizos, y las paredes de yeso rústico estaban decoradas con piezas de arte local. A Dago le recordó a la Colonia Tovar, el retirado asentamiento alemán a sesenta y cinco kilómetros de Caracas.

Los recibió una joven regordeta y rosada cubierta de gruesas telas de capas verdes en todos sus tonos. Llevaba lentes de montura espesa y gesticulaba con modales correctos, forjados durante años de servicio. Dago agradeció el cambio de temperatura, debido al fuego de una chimenea de piedra. La estancia estaba vacía. Olía a madera húmeda.

—Aquí tiene la llave, joven... Usted se ve pálido, ¿está mareado? ¿Le cayó mal de páramo? —preguntó la recepcionista mirando a Dago mientras fruncía la frente poblada de pecas.

—Estoy bien, gracias. Venimos a dar el pésame a la familia de la señora Virginia.

—¿Qué es mal de páramo? —lo interrumpió Martín, algo que sacaba de quicio a Dago.

—Mal de montaña. A mucha gente le pega la altura. Bébanse un *calentao* o un miche para que el alcohol los ayude —dijo mirando a Dago—. Doña Virginia fue enterrada hace poco, la gente del pueblo lo lamentó. En su casa puede encontrar a la joven Yara, que era su alumna de kárate o algo así; ahí en el patio grande, muy cerca de la capilla. Pregunte, que aquí nadie se pierde. ¿Cuántas noches se quedan?

—Nada más una. Partimos mañana. Muchas gracias —respondió Dago, esforzándose por no entrecortar la respiración.

Dejaron sus morrales en la habitación doble de dos camas y salieron. Caminaron por las callejuelas coloniales del pueblo, que parecía una postal de principios del siglo veinte, hasta llegar a la casona de *sifu* Virginia. Un niño vestido como adulto los recibió en la entrada y los condujo a través de un corredor con paredes de tapia y bahareque. Les hizo señas para que tomaran asiento junto a una mesa redonda preparada para beber el té.

La discípula de Virginia apareció ante ellos, en uniforme chino de algodón.

—Ese traje parece un liqui liqui de los que usan los llaneros —susurró Martín.

—Bienvenidos, hermanos *hung*. Mi nombre es Yara. El niño es Simón.

—Gracias, hermana. Supongo que ya sabes a qué vinimos. Mi nombre es Dago, discípulo del maestro Reinaldo. Él es nuestro hermano Martín. Mis condolencias en nombre de la Escuela Fu Hok. Lamentamos su pérdida.

—Sí, gracias, es un honor conocerlos... Pero primero vamos a desayunar. Han sido días terribles desde la muerte de *sifu* —Yara hizo señas al niño que se adelantó.

«Es mudo», comprendió Dago.

Yara y el niño-hombre sirvieron delgadas arepas andinas de trigo, acompañadas de trucha ahumada. Dago contuvo las náuseas y apenas probó bocado.

«Estoy sudando frío».

Yara estuvo callada bebiéndose el té, y Dago contempló sus rasgos levemente aindiados: el cabello negro trenzado que caía sobre su definido hombro moreno claro, parte del contraste de la finura y dureza de su porte. El niño-hombre le sirvió un trago de *calentao* a Dago y otro a Martín. Se lo bebieron de un tirón.

—Mi maestra fue la única discípula mujer de *sifu* Hu. La legítima heredera de su legado. Y yo la elegida para completar el círculo —comentó Yara.

—Y mi maestro Reinaldo fue el discípulo más avanzado de Hu. Ya es hora de intercambiar técnicas, hermana Yara —dijo Dago, colocando el vaso vacío sobre la mesa. Yara se levantó.

—¿Conoces la fábula del hombre que vendía lanzas y escudos, hermano Dago? Dicen que en el Reino de Chu vivía un hombre que pregonaba que sus escudos eran tan sólidos que nada podía traspasarlos, y sus lanzas eran tan filosas que todo lo podían atravesar. Hasta que un día, un sabio le preguntó: «¿Qué pasa si una de tus lanzas choca con uno de tus escudos?». El vendedor se quedó sin palabras, no contestó. Tal vez hoy conozcamos la respuesta… Por favor, síganme al patio.

Los dos hombres y el niño se pusieron de pie y fueron tras sus pasos. Al levantarse, Dago se mareó, pero pudo controlarse respirando profundo.

—Entreno aquí desde los diez años. El mismo sitio donde defendí el honor del *hung gar* ante los atacantes de *sifu* y lo seguiré haciendo. Fue una pelea desigual, ellos eran muchos. Querían su técnica-puente. *Sifu*, el niño y yo hicimos lo que pudimos, y finalmente huyeron, pero Virginia quedó muy mal después de la pelea. Tres días después falleció —Se dio la vuelta y miró a Dago—. Solo yo conozco su técnica, y es hora de obtener las que faltan.

—El *chi* sea uno con nosotros —respondió Dago. Por un instante olvidó el malestar que lo aturdía.

—Con todos —respondió Yara, flexionando y estirando los dedos de uñas larguísimas como garras.

Se plantaron frente a frente en el patio de la casa. El piso era de cemento con algunos baches de arena. Yara avanzó de un salto y, en segundos, Dago comprendió que jamás había luchado con alguien tan veloz. Detuvo varias patadas en secuencia, pero un par de ellas se colaron como latigazos en sus costillas con la fuerza suficiente para hacer daño. Yara lo alcanzó con una garra en el cuello, dejándole las marcas de un rasguño profundo.

«¡Me falta el aire, maldita sea!», se dijo con amargura. Una llamarada de dolor le recorrió la cabeza, como pinchazos de alfiler desde la nuca hasta detrás del ojo izquierdo.

Dago bloqueó lo mejor que pudo. Atacó con golpes de palma, pero cada vez la percibía más rápida, mientras él se hacía lento y pesado. Era el maldito clima de montaña y su falta de oxígeno. Este pensamiento se borró de un trancazo, cuando una patada invisible lo golpeó en el muslo izquierdo, perdió el equilibrio y cayó. Fue como si le hubieran dado en la pierna con un bate de béisbol. Intentó levantarse y no pudo. Un intenso dolor, posiblemente un desgarre, se lo impedía. De pronto vomitó una mezcla amarilla de comida y licor, y se quedó tendido boca abajo dando violentos manotazos al suelo.

—¡He ganado! —gritó Yara, con gesto triunfal ante un derrotado Dago—. ¡Exijo tus técnicas-puente, hermano!

«Me ha vencido», maldijo Dago para sus adentros. Sintió que los globos oculares le iban a explotar dentro de sus cuencas.

XXII

DRAGÓN DE FUEGO

FOSHAN, SUR DE CHINA

La lluvia había dado paso a la tormenta conocida como la brisa del mar del norte. El maestro Han, uniformado de verde jade, permanecía en la calle de pie, a la intemperie, observando al dragón de fuego: ojos de langosta, cuernos de ciervo, tronco y cola de serpiente, nariz de perro, bigotes de bagre, melena de león, escamas de pez, garras de águila y una perla llameante bajo el mentón.

Sus sirvientes cesaron de insistir en cubrirlo con paraguas y corrieron a resguardarse. Los danzantes bajo el dragón tenían prohibido retirarse hasta tanto el maestro lo autorizara. Seguían moviendo los postes, haciendo elevar y descender la figura con dificultad, mientras otros hombres, protegidos por toldos, tocaban el gong y los tambores, desafiando al ruido de la lluvia que caía.

El maestro Han, empapado de pies a cabeza, distinguió a lo lejos la sombra de un vehículo. Las ruedas levantaban agua a su paso como si se tratase de una lancha. Deslizó una mano por debajo del pantalón mojado. Palpó su afilado cuchillo *wuk* de combate. El auto recortó la velocidad. Se estacionó a media cuadra del dragón de fuego, que danzaba en el vendaval como los locos peces carpas de los ríos Bei y Dong.

El chófer se apeó con un inmenso paraguas, a punto de doblarse hacia arriba por la brisa. Abrió la puerta trasera, protegiendo a un segundo pasajero que descendió del automóvil. Los dos recién llegados avanzaron en dirección al dragón de fuego, que no paraba de moverse, como un perro sacudiéndose de la lluvia. La ventisca los dejó casi tan mojados como al maestro.

—¡*Sifu* Han! —gritó el hombre bajo el paraguas. Dejó atrás al dragón danzante y recortó la distancia que lo separaba de Han, siempre protegido por el chófer. Saludó a duras penas. Alzó el dorso de la mano derecha y algo brilló. Era un anillo circular con el talle de un tigre de rayas negras y rojas que se aseguró de que fuera visto antes de extender un portafolio salpicado por gotas de lluvia.

Han aflojó el cuchillo oculto, avanzó tres pasos y agarró el portafolio comprobando que era liviano e impermeable. El hombre del anilló aguardó como a la espera de algún comentario de Han. Este apenas hizo un gesto con la mano indicándole que se marchara.

Los hombres se regresaron al trote en dirección al auto. El maestro pudo ver cómo el paraguas salía despedido por una ráfaga de aire. Un rayo alumbró la calle, dando un aspecto fantasmal a las casas de techos triangulares. A los pocos segundos, se escuchó el retumbar de un trueno.

Han hizo una señal para que los danzantes desmontaran el dragón de fuego. Caminó hacia los toldos, impávido, como si avanzar en la tormenta fuera lo mismo que pasear en un cálido día de verano. Estaba seguro de que, dentro del portafolio, encontraría un sobre lacrado con el sello de un tigre rojo y negro, el símbolo de la tríada. Su contenido lo guiaría a un nuevo destino.

XXIII

LA PATADA SIN SOMBRA

Dago no podía creerlo. Seguía inmovilizado en el piso. Derrotado por la discípula de *sifu* Virginia, creyó estar a punto de desmayarse. No sabía si por la altura o por el golpe que le arrebató la victoria. Aquí terminaba su búsqueda. Aquí acababa todo.

—En cuanto te recuperes, iremos a que me muestres tus técnicas-puente —le anunció Yara a Dago, acariciando su cabello trenzado en un gesto de evidente orgullo. Le guiñó un ojo al niño-hombre.

—Tengo prisa por retar al discípulo de *sifu* Jonathan para luego vengar a mi maestra.

—Te equivocas —intervino Martín, poniéndose de pie. Simón, el niño-hombre, lo miró e hizo lo mismo. Por un instante,

Dago, en medio de su oleada de dolor, vio a Martín trastocado en algo borroso, convertido en un animal amorfo.

—Es conmigo con quien debes entablar combate. Yo soy Dago —dijo Martín acercándose a Yara.

«¿Qué demonios hace?», pensó Dago. Creyó que estaba alucinando.

—¿Esto es una broma o qué? —Yara miró en dirección al verdadero Dago en el piso con el rostro contraído.

—Mi *sidi,* era solo una prueba —dijo Martín—. Ahora sé que mereces enfrentarme.

—¿¡Pero, yo…!?

—¡Defiéndete!

Sin darle tiempo a reaccionar, Martín se proyectó sobre ella, ante la mirada atónita de Dago, que no daba crédito a la jugada.

«Oportunista hijo de puta».

Yara bloqueó el ataque y contraatacó, pateando a Martín en las piernas, el torso y la cara. Era ágil, escurridiza como una gacela. Dago percibió que sus patadas afectaban el equilibrio de Martín. No había que dejarse llevar por el aspecto frágil de Yara. A él mismo, sentado en el suelo, todos los lugares donde lo había conectado le ardían como puntos de sutura.

Cerró los ojos. Respiró hondo varias veces e intentó concentrarse para superar el mareo. Al abrirlos, se fijó en que Martín retrocedía. Intentaba esquivarla en vano, defendiéndose por reflejos, como un boxeador. La gacela se estaba desayunado a dos tigres en una misma mañana.

—¡Confía en el *hung,* Dago! ¡Respira! —gritó Dago a Martín al verlo desorientado y errático. Era raro llamarlo por su nombre. Todo era extraño en ese alucinante pueblo recóndito, a la altura de los picos y las nubes.

Martín lo había oído. Como si un misterioso mecanismo hubiera echado a andar dentro de él, comenzó a utilizar las técnicas de sus esquemas *hung gar*, acorralando de vuelta a Yara. Pasó de una posición de puntas con el pie posterior, propio del boxeo, a una postura cruzada de *kung fu*. Atajó una de sus patadas, sujetando el pie con el que lo estaba atacando, y con la palma de la otra mano la golpeó en el estómago. La dejó sin aire.

Yara cayó al piso y abrazó su abdomen con ambos brazos. Se levantó sin usar las manos, con el impulso de los pies. Martín la tumbó de nuevo, con una patada cola de tigre que, por segunda vez, le sacó el aire. Al tercer intento, la volvió a abatir antes de que se recompusiera. No pudo levantarse más. Ahora fue Yara quien golpeó el piso varias veces con los pies, impotente. Dago observó que Martín le tendió la mano y pudo leer la vergüenza en su cara, al verla lastimada.

—No puedo más…

Yara aceptó la ayuda de Martín. Se incorporó de a poco.

—Supongo que ahora debo mostrarte mi técnica-puente, Dago... ¡Tienes que honrar a mi maestra! —gritó Yara a Martín con el rostro enrojecido.

Luego miró con desdén al verdadero Dago, sentado en el piso, e invitó a Martín a que la siguiese.

—Vamos tras esa puerta. No debo enseñarte la patada sin sombra frente a nuestros hermanos menores.

XXIV

NOCAUT

De vuelta de Mérida a Caracas, fue Martín quien cayó rendido en el autobús. Dago se mantuvo insomne, en silencio. Estaba incómodo, casi sin poder mover la pierna. Le dolía, pero no tanto como haber perdido la tercera técnica-puente. «Su» tercera técnica. Junto a él dormía su *sidi*, portando un conocimiento inmerecido que más temprano que tarde debía darle.

Martín apestaba a cigarrillo. Sin embargo, no le faltó oxígeno en la altura. «¡Maldito mal de páramo!», masculló Dago. «¿Cómo he permitido que Martín me deshonre haciéndose pasar por mí?». Cuando le pidió explicaciones, su única respuesta fue: «Sun Tzu», encogiéndose de hombros.

Se levantó con dificultad para cambiarse de asiento. No soportaba estar a su lado. En su cabeza rondaba una honda preocupación. Debía enfrentar al discípulo de Jonathan, el más fuerte de los maestros, sin los problemas de la altura, sí, pero con una pierna lesionada.

Su escudero era ajeno a sus tormentos, porque, en sueños ya no era Martín ni tampoco Martín simulando ser Dago, sino Mustang; su otro yo negado a morir…

…*Mustang.*

¡Mustang! —le grita el Brujo—, te vienes al Club. Tú y el peluche de mi hermano. Se me ganan esos reales hoy.

Ya no es un novato, se ha ganado un puesto de «sombra» en la banda y el Brujo lo sabe. El Perro también es un hombre ya. Pronto serán «luceros», las manos derechas del líder: A ese infierno que es el Club solo llegan los verdugos. Se llevan con ellos a dos Pegadores de refuerzo. Al Miky lo dejan a cargo en el barrio.

Salen de La Cobra en moto, bajan Petare, ruedan de noche por el este de la ciudad como balas perdidas. Llegan al centro de Caracas. En la avenida Fuerzas Armadas se desvían hacia una callejuela sitiada por bloques de edificios pardos. Cruzan hacia una calle ciega que se cierra en una fábrica semi derruida tomada por invasores. Se detienen en el rectángulo de asfalto que es el estacionamiento. Hay tres gariteros que cantan la zona. Reconocen al Brujo. Los invitan a que aparquen las motocicletas y los acompañen. Un garitero, con un radio transmisor en la mano, los escolta hasta la puerta de hierro que los conducirá al sótano.

Obvian un ascensor de doble puerta, dañado; los guían por una escalera descendente. Martín siente la adrenalina fluir. La sangre le hierve. Se sabe capaz de partirle la madre a cualquiera. El Perro se retrasa en la escalera a ponerse los guantes con la ayuda de uno de los Pegadores. Martín sigue bajando, pero lo oye esnifar perico. Con droga, el Perro le da las buenas noches al miedo. Pero él no, a él le gusta entrompar sano, la mente clara. El garitero les abre la última la puerta al final de la escalera que conecta con el sótano de la fábrica abandonada.

Entran al Club, un sofocante gimnasio clandestino. Martín se impresiona. Le parece que el local debe tener no menos de doscientos metros cuadrados. Hay poca luz, pero puede distinguir los sacos guindados, las peras, las cuerdas, las mancuernas. También hay un gentío, como cien personas. Hacen bulla, la mayoría alrededor de dos cuadriláteros esperando el espectáculo, la sangre, mientras otros deambulan alrededor de un barcito donde, seguro, venden el alcohol y las drogas. Las paredes son de ladrillos sucios que alguna vez fueron blancos, con una franja de pintura azul que les cubre toda la parte baja. Las lámparas guindan del techo de vigas como si fueran reflectores a punto de quemarse.

A esa hora, el evento principal son dos peleas simultáneas: la del Perro y un tipo largo y fibroso al que llaman Jeringa, y la de él con uno al que apodan La Bestia. Es una nevera: grueso como un estibador de los que cargan mercancía en los muelles. No entiende por qué el Brujo lo manda a pelear con el más grande, se le ocurre que es porque le tiene fe. Luego cae en la cuenta de que no quiere que jodan a su hermano.

La impaciencia se planta frente a los cuadriláteros. La multitud apuesta, chilla, gruñe. Mucho malandro, pero también gente bien, de plata, pagando por ver sangre. Se cambia en uno de los baños, se pone los guantes, le ayudan a amarrárselos. Sale brincando, moviendo los brazos para entrar en calor. Le abren espacio para que suba al ring. Adentro, en una esquina, lo aguarda La Bestia. Debe medir unos diez centímetros de altura más que él, que mide un metro setenta y cinco. «Qué coño», piensa. «Mientras más grandes, más rápido caen».

El Perro tarda en aparecer. Finalmente, entra con los guantes puestos, se le ve hasta culo de perico. Se dirige al otro cuadrilátero donde lo espera el Jeringa, sobrado. Pero el Perro salta alzando los brazos como un campeón que ya hubiera ganado. Se ha puesto fuerte, un bulldog *con mal de rabia. Pasa por debajo de las cuerdas. Todo listo, el Brujo apuesta a sus gallos.*

Un animador de voz nasal hace los anuncios. Suena la campana. Le entra un hormigueo. Empieza el boxeo, la coñaza de la noche. La Bestia se le viene encima y mierda, es como entrompar a un elefante. Le aplica sus combinaciones, los clásicos movimientos que le enseñó el Brujo: le pega arriba, abajo, a un costado. El hijo de puta no siente nada, pero él sí, que no es de hierro: el porrazo que recibe lo tira a la lona. Se le borra la memoria unos segundos. Reacciona. «No pasa nada, bróder», se dice a sí mismo. Se levanta sin que empiece el conteo. Tiene la boca hinchada, los labios como globos. Se le va encima al puto Bestia, jab *al cuerpo, cruce derecho a la cabeza. «Nada».*

La Bestia le tira a un costado, cree que le quiebra las costillas, le duele para respirar. Suena la campana. Echa un ojo y ve que el Perro ya noqueó al Jeringa. Se sienta en un banquillo, exhausto. Lo limpian con una toalla, le quitan el protector de la boca, le dan agua. «¡Aguanta, cabrón!», oye decir a lo lejos. Luego, un susurro, como un fósforo que lo acaricia y se enciende.

—Aposté mucha plata. Acábalo o te acabo yo a ti —le dice el Brujo. Casi siente su lengua perforarle el oído.

Reinicia la masacre, se anima, ataca, esquiva. Ve que la mole se desgasta, se cansa. Oye un barullo, pasa algo. Al Perro le gritan que se quite los guantes. Todos se mueven al otro cuadrilátero y lo dejan solo con la Bestia. Agarran al Perro entre varios, forcejea, le sacan los guantes. Lo descubren, lleva yeso en los puños. Peleó con cemento blanco debajo de los guantes. Se arma la trifulca. Cuando intenta salir del ring, se le apagan las luces.

—...4, 5...

Lo siguiente que ve es a la Bestia de pie ante él, que está tirado en la lona.

—6...

La Bestia lo escupe desde arriba.

—¡Mierdas tramposas!

—...8, 9...

Mustang se levanta antes de que finalice el conteo del réferi. Escupe el protector de la boca.

—¡Yo no llevo trampa! ¡A puño limpio! —Su grito resuena por encima de la algarabía, llamando la atención del público.

Mustang rasga las amarras con los dientes y se quita los guantes. Muestra las manos desnudas, sin yeso. La Bestia resopla, el rostro chato enrojecido, lo imita. Ambos salen a la carga y se caen a trancazos. La Bestia lo muele a golpes, pero

206

no le importa, él tampoco es mocho. Sabe que le ha encajado al otro los nudillos en la nariz y la mandíbula. Retrocede y, antes de llegar contra las cuerdas, agotado, saca un golpe que piensa que le salvará la vida, no soporta ya el dolor en las costillas. Por un momento llega a creer que golpea una pared que le fractura la mano. ¡Pum! Busca a la Bestia y desaparece, no lo ve.

—¡Nocaut! ¡Nocaut!

Su oponente está tendido, inconsciente. Mustang está ensangrentado, hinchado, amoratado, pero triunfante. El Brujo, que logró controlar la cagada del Perro repartiendo billetes, lo mira. Su gesto es triunfal, los dientes apretados, agitando los puños, eufórico. A Mustang no le importan las loas ni la plata: se ganó el respeto del Brujo, de los Pegadores. Es un campeón a puño limpio.

XXV

EL OSO NEGRO

El viaje en buseta por La Guaira, en el estado de Vargas, no era cómodo, pero sí más llevadero. Cambiaron de transporte apenas pisar Caracas. Pese al calor, cruzar la carretera de la costa bordeando la pared montañosa del litoral hacía olvidar que el cuerpo dolía y el cansancio azotaba. Pasaron los pueblos de Quebrada Seca, Osma, Oritapo y Todasana; un contraste de vías malas, bosque tropical y azules playas de oleaje revuelto.

Dago alternaba la mirada entre el paisaje y el juego Tetris en su móvil, mientras Martín releía su libro moviendo los labios. No se hablaron.

El bus paró en Lomas de Caruao. A partir de allí deambularon a pie por el pueblo. Pararon en una licorería para que Dago descansara la pierna. Era el sitio apropiado para refrescarse con cerveza y preguntar a los lugareños por Jonathan. Al fin alguien les dio la ubicación del «caraqueño loco». Debían dirigirse a un rancho semioculto en la espesura de la montaña, cerca de un manso arroyo que desembocaba en el mar.

Reemprendieron la marcha. Martín guardó su suéter en el morral y se sacó la franela. Dago permaneció con su camiseta de algodón puesta. Guardó su reloj de Batman y se amarró las muñequeras de cuero marrón que se empaparon del sudor de sus brazos.

—¿Qué significa ese tatuaje feo que llevas en el hombro? —preguntó Dago, luego de muchas horas sin dirigirle la palabra.

—Un puño de fuego. Lo vi grabado en un Zippo que encontré en la guantera de un carro robado y me gustó.

El sonido del arroyo, un claro de tierra y una advertencia escrita en un tosco cartel de madera clavada en un árbol les indicaron que habían llegado.

«A aquellos que hostiguen y calumnien se les partirá la cabeza en siete pedazos».

Dago observó la rústica casa de bloques de cemento, a medio pintar, y comprendió que el propio Jonathan la había construido. No hizo falta llegar hasta la puerta. El maestro estaba sentado afuera en una silla mecedora. Se podía divisar de lejos, pues era un tipo de figura imponente, un gigante descamisado. Una espesa barba le cubría el rostro, del que sobresalía un grueso tabaco encendido. Era como toparse con un oso negro americano en una playa del Caribe. La hostilidad se palpaba lo mismo que el olor amargo del tabaco. No eran bienvenidos.

—¿Es usted el maestro Jonathan? —dijo Dago alzando la voz.

—¡Fuera de aquí! —se limitó a responder el hombre con voz ronca, apagando su tabaco en un cenicero de madera.

—*Sifu*, escuche lo que tengo que decir…

—No me interesa y no los conozco —lo interrumpió el maestro—, ¡dije que se larguen!

—¡Yo sí te recuerdo, Jonathan! ¡Mi nombre es Dago, discípulo de Reinaldo, y he venido a retar a tu discípulo!

La masa de músculo y grasa se incorporó con lentitud. Estaba descalzo. Les echó un vistazo y mostró los dientes amarillos. Parecía que después de mucho tiempo había hallado algo divertido. Señaló a Dago con su mano encallecida.

—Claro, eres la mascota de Rei... Con ese caminar forzado no tienes el mínimo chance. No me hagan perder el tiempo —Jonathan escupió en el piso.

—¿Acaso temes que un lesionado se haga con tu técnica? ¡Cumple con el juramento a *sifu* Hu! ¡Convoca a tu discípulo!

El hombre rio a carcajadas, con un vozarrón capaz de mover las hojas de los árboles.

—Yo no tengo discípulos. Quien quiera probar las diez manos asesinas tendrá que pelear conmigo.

Jonathan se pasó la lengua por los labios en un gesto casi lascivo, como si la posibilidad de una pelea encendiera cierta vitalidad dormida. Martín miró con un dejo de duda a Dago, quien no vaciló.

—Ni modo. Que así sea.

—No tienes chance. A menos que…

—Eres tú quien me hace perder el tiempo. ¡Habla de una vez! —gritó Dago irritado. No esperaba tener que enfrentarse directamente al maestro Jonathan, el discípulo más temido de *sifu* Hu.

—Pelearé con los dos. El último en pie gana. Aceptan mi oferta o se van por donde vinieron.

—No te preocupes por mí, esto es uno contra uno —Dago avanzó tensando los músculos. Sintió un corrientazo en el cuádriceps izquierdo, pero el dolor se esfumó enseguida. «Es la adrenalina», se dijo.

—Me gusta la propuesta del maestro bocón —dijo Martín—. Si es lo que quiere, plomo.

—Escucha al cachorro, muchacho. O me divierten un rato o se largan.

XXVI

LAS DIEZ MANOS ASESINAS

El gigante avanzó entre los dos, estirando ambos brazos cual columnas. Golpeó a cada uno con puños verticales. A pesar de haber subido la guardia, fue como recibir palazos en los huesos. Dago se recuperó del impacto, gritó un «¡jei!», y le encajó un codazo en el estómago. Remató con un golpe de nudillos en el mentón. Jonathan replicó furioso, con una secuencia de golpes cortos y largos, pero Martín intervino. Lo contuvo con un *upper* desde atrás, conectando los riñones. Jonathan giró. Una mano de uñas largas y sucias en forma de garra rozó el pómulo de Martín, haciéndole un corte de tres líneas sangrantes.

Dago atacó con golpes de grulla al cuello y a la cara, los dedos unidos en forma de pico. Hizo retroceder a Jonathan a la distancia justa para embestir con su puño de hierro. Pero apenas cambió de postura, el maestro aprovechó para agarrarlo por su pierna lesionada. Jonathan le torció la pierna con una llave. Dago intuyó el daño antes del impacto. Emitió un grito ahogado. El gigante lo alzó como a un saco de papas para luego arrojarlo por los aires. Cayó con todo su peso sobre la pierna lastimada. Aulló de dolor.

Fue entonces cuando Martín embistió la humanidad de Jonathan como un tren de carga en movimiento. El maestro se reacomodó. Dago leyó la intención en su rostro. «¡Va a usar las diez manos asesinas!».

—¡Usa tu técnica-puente, Martín! —gritó Dago desde el suelo, sujetándose la pierna con ambas manos.

El maestro dudó un par de segundos, tal vez contrariado de que Martín conociera una de las técnicas-puente. La orden de Dago fue, de nuevo, como si hubiera roto un cristal y encendido la alarma. Martín le asestó a Jonathan una patada en los testículos que sintió, pero no vio. Una patada sin sombra. Cayó estrepitosamente, entre rugidos, como un árbol talado levantando nubes de polvo.

—¡Me has sorprendido, grandísimo hijo de puta! —gruñó el maestro—. Incluso antes de usar mi técnica-puente.

—¿Seguimos o qué? —Martín se quedó expectante sin bajar la guardia. Miró a Dago y a Jonathan en el piso. Se percató de que era el único en pie.

El oso negro se arrodilló arrugando la frente.

—No con este dolor de bolas… —Se incorporó con una mano en los testículos y avanzó saltando en los talones hacia la casa.

El maestro se recostó de la puerta. Jadeaba. El ruido de su pecho semejaba al de un motor descompuesto. Los miró con desprecio y escupió hacia un lado. Martín aún permanecía en posición de guardia sin saber qué hacer.

—Háblame, tipo —dijo Martín.

—Ven a que te enseñe las diez manos asesinas, antes de que me arrepienta y los mande a la mierda.

El gigante abrió la puerta e hizo pasar a Martín. Dio un portazo. Dago se arrastró bajo la sombra de un árbol, alzó el puño derecho y empezó a golpearse el muslo lesionado causándose más dolor.

—¡¡Aaaaah, maldita sea!! —hizo un esfuerzo sobrehumano para que no le salieran lágrimas. Fue inevitable. Estaba sucio, dolorido, frustrado, extenuado.

Al cabo de media hora, vio a Martín salir solo. La sangre en su cara se había secado, aunque se veía la marca palpitante de los rasguños de Jonathan.

—¿Puedes caminar? —preguntó Martín apenas lo vio sentado. Dago se levantó cojeando.

—Sí, andando.

—Me alegra, *sijing*.

«Hipócrita», pensó Dago, apretando los dientes para no exteriorizar dolor.

—Tenemos cuentas pendientes, hermano menor.

—¿Crees que lo hice a propósito?

—Al llegar a Caracas nos enfrentaremos tú y yo.

—Primero cúrate, *bróder*. Después vemos.

—Si soy el tigre blanco, te venceré con o sin pierna buena. Camina.

Echaron a andar sin prisa de vuelta al pueblo, Dago arrastrando la pierna y Martín encendiendo un maltrecho cigarrillo. Ni uno pidió ayuda ni el otro se la ofreció.

XXVII

MEILING

Meiling salió de la galería con Leti que quiso acompañarla hasta el estacionamiento del Centro de Arte Los Galpones, un espacio de dos mil metros cuadrados dedicado a las artes. La librería-café de Los Galpones era uno de los sitios favoritos de Mei, pero esa tarde fue a fotografiar la exposición de su amiga. Caminaron por la terraza al aire libre, flanqueada por centenarios árboles de mango. El sol declinaba. Se detuvieron brevemente por dos cafés *latte* de vainilla para brindar por el éxito de la exposición de Leti.

—Está inspirada en el mural de Gego y Leufert que decora la fachada oeste del instituto INCE de la Avenida Nueva Granada —le había explicado—. Utilicé delgadas pletinas de aluminio rectangulares y soportes de peltre.

«Es una genia», pensó Meiling mientras la oía.

—De nuevo gracias, *ami*, por venir y hacer las fotos de la muestra.

—Es un honor, Leti. Tu obra es bella, conmueve.

—Siempre he dicho que tienes buen gusto.

—Tú y tus ataques de modestia —Meiling rio entre dientes.

—*Carpe diem, ami.* Esperaré con ansias las fotos.

—Luego que haga la selección te las traigo en una memoria —bajó la vista mirando la hora en su reloj—. Disculpa que no me quede más tiempo, pero el macho alfa de mi padre se preocupa. Me niego a salir con escoltas y esos supuestos beneficios diplomáticos.

—Yo también debo volver a la galería. Estamos a punto del cierre.

Apuraron el café. Se despidieron con un abrazo efusivo. Meiling apretó el paso, pidió las llaves al que aparcaba los coches y entró en su carro, un Hyundai plateado. Puso el estuche de su Canon en el asiento trasero. Se sentó frente al volante. El espejo retrovisor le devolvió una mirada limpia, sin maquillaje. Revisó el móvil. Tenía una llamada perdida de su padre y dos mensajes de texto: uno de Dago y otro de Boris. Lanzó el móvil al asiento del copiloto, miró a los lados y encendió el Hyundai.

Se inclinó hacia adelante y aguzó la vista. Luego miró hacia atrás, por encima del hombro. Tenía la sensación de ser observada. «Ando paranoica, es todo». Sacó el auto en reversa y subió el volumen de la radio. Sonaba *La ciudad de la furia,* de Soda Stereo.

«Me gusta más esta versión acústica en vivo». La había escuchado muchas veces, pero por primera vez cayó en la cuenta de que Andrea Echeverri se equivocaba en una estrofa de la canción, y Cerati la corregía.

Enderezó la dirección, salió del centro de arte y enfiló rumbo a la vía rápida de la Cota Mil, tarareando. Había hecho un buen trabajo con las fotos, engrosarían su portafolio, estaba segura. El semáforo de la empinada avenida Sucre cambió a rojo y se detuvo. Puso el freno de mano, le fastidiaba la inestabilidad de la caja sincrónica. Un auto verde se le pegó al parachoques.

«¿Y este quiere que lo choque o qué?», pensó, pero de inmediato otra idea le cruzó por la mente. No era una provocación sino una amenaza. «Listo, en lo que enfile la Cota Mil, adiós luz que te apagaste, meto marcha a 200 kilómetros por hora hasta llegar al módulo vial». El semáforo pasó a verde. Arrancó.

Justo antes de entrar a la larga avenida que bordea el cerro Ávila, una motocicleta le trancó el paso sorpresivamente. Frenó de golpe.

—¡Maldita sea! —gritó. Sintió los bombeos de su pulso acelerado en el pecho, en los antebrazos, en las venas del cuello.

Intentó retroceder, pero el auto verde se detuvo detrás del Hyundai, cortándole el paso.

Tomó su móvil del asiento del copiloto. Lo desbloqueó. Intentó ubicar un número a quien llamar. «¡Papá!». Las teclas le resbalaban de los dedos. Olvidó el número de su padre. «¡Cálmate!». Buscó la opción de la agenda. El teléfono mostró el ícono de un reloj circular que pedía tiempo. Finalmente, dio con el número.

Dos hombres con armas largas y el rostro cubierto se bajaron del auto verde. También se apeó el copiloto de la motocicleta. Este último llevaba en la mano un cuchillo de caza de relumbrante hoja larga. Estrelló el mango contra el retrovisor del Hyundai. La pieza se desprendió y quedó sostenida por cables a un costado de la puerta.

—¡Cuelga o te pincho los ojos! —le gritó con fiereza.

XXVIII

SECUESTRO

Volvieron a Caracas, de noche, y cada quien se fue por su lado. Martín hubo de tomar otro autobús, pues la moto estaba guardada donde el maestro Reinaldo. Dago, en cambio, pagó un taxi desde el terminal de pasajeros hasta Las Acacias. En el trayecto, le envió un mensaje de texto a Meiling.

«Para variar, no me contesta», pensó Dago. Sacudió varias veces la cabeza. Al llegar a su casa, cojeando, su madre corrió a abrazarlo.

—¿Qué te pasó, hijo?

—No pasa nada, mamá, tranquila —Estaba tan delgada que creyó que iba a resbalarse de sus brazos. Temblaba. La apartó con cuidado, mirándola como si la hija fuera ella.

—¿Cómo que nada? ¡No estás caminando bien!

—Baja la voz, mamá. Es solo un desgarre muscular.

Luego de fallecer el padre de Dago, su madre había empezado a sufrir crisis de pánico. Episodios distanciados ante cualquier noticia alarmante. Con el paso del tiempo, se fue agravando y sus nervios se alteraban ante cualquier suceso imprevisto.

Había transcurrido un año desde que Dago y su hermano Henry decidieron no dejarla sola en casa, turnándose los días de cuidado. «Las señales siempre estuvieron ahí, solo que papá nos dejó la parte más pesada», se había quejado su hermano. Para Dago, la figura paterna la había llenado Rei en muchos sentidos.

Le dio un beso en la frente a su madre y siguió directo al baño con intención de darse una ducha, tomarse un analgésico y acostarse de inmediato.

Durmió de corrido hasta las cinco de la mañana. Fue el primero en llegar al restaurante. A pesar del descanso, seguía sintiendo un dolor del demonio en la pierna izquierda. Intentó entretenerse con los vaivenes de la cocina, dando instrucciones aquí y allá, pero su mente estaba en otro lado: en el patio norte del Parque del Este.

Debía hablar con los maestros para fijar el combate con Martín, ganarle las dos técnicas-puente y así poseer las cuatro. No había tiempo que perder. Era el momento de armar el *Báihŭ Kyun* y enfrentar a los Guardianes. Venían pisándole los talones.

El día transcurrió lento, espeso. Al caer la tarde, se fue aligerando hasta que llegó al parque. Coincidió con Reinaldo y Martín en la entrada principal. Se saludaron con la reverencia del *hung gar* y siguieron hasta el jabillo espinoso. Encontraron un inesperado revuelo entre las escuelas dragón y Fu Hok.

Al verlos, Aníbal y J.J., acompañados de Boris, corrieron hacia ellos. «Pasa algo malo», intuyó Dago. Boris se adelantó increpando a Martín.

—¡Secuestraron a Meiling! Está desaparecida desde ayer en la noche. Te dejaron esta nota —Boris estiró su brazo—, uno de esos malandros amigo tuyo, un tal Miky. ¡Se esfumó antes de que pudiéramos ver lo que decía!

—Léela —agregó Aníbal.

«Para Mustang

Tengo a tu novia china. Búscame en la cancha. Coliseo. Sin trampa ni brujería. Uno contra uno. Ganas y te la llevas. Pierdes y ¡PUM!

El Perro.»

—Tengo que ir ya, ¡carajo!

«Qué mierda», pensó Dago, viendo a Martín frotarse las manos mientras su rostro ganaba en rigidez. Boris le gritaba en la cara señalándolo con el dedo índice.

—¡No vas a ir solo! ¡O me llevas contigo o llamo a la policía! ¡El embajador está moviendo cielo y tierra, y tú serás el primero en ir preso!

—Llama a quien te dé la gana, esto no se resuelve así. La Cobra tiene su ley, no me estorben.

—¡Martín! —intervino Rei con firmeza—. ¿No te das cuenta de lo grave de esto? Aceptarás la ayuda, Meiling es de la Escuela Dragón.

Martín bajó la cabeza y masculló algo ininteligible. Convirtió la nota en una bola de papel que apretaba su puño.

—Acéptalo, *padawan* —dijo Dago—. Esto nos incumbe a todos y vamos a ir a resolverlo.

—Tú no, Dago —lo interrumpió Rei—. Aprovecha para descansar esa pierna. Quédate hoy en mi casa, tendrás sesión de quiropráxis. Él causó esto y él lo resuelve.

—¡Vengo de pelear en Mérida y Vargas! ¿Ahora me pides que no vaya a rescatar a Meiling de los malandros que trajo este? Con todo el respeto, Rei…

—¡Dije que no, Dago! Y esta vez te lo pido como *sifu* y como amigo. Te necesito entero. Si vas a pelear con Martín por las técnicas, que sea una pelea justa.

—Maldito el día en que aceptamos a ese delincuente en la escuela —susurró Dago mirando de reojo a Martín, que se alejaba al trote con Boris.

XXIX

Pegadores

Salieron del parque en el carro de Boris, un Ford Fiesta azul del ochenta y nueve que bramaba como si sufriera de bronquitis. Martín iba de copiloto, guiando la ruta hacia el barrio La Cobra. Tomaron la avenida Francisco de Miranda en sentido este, vía Petare. Anochecía.

—Voy a bajar el vidrio para fumar, si no te molesta —dijo Martín.

—Dale, chamo —respondió Boris, a quien por primera vez veía sin el uniforme de la Escuela Dragón. Su aspecto bohemio le hacía parecer más un músico de bares que un maestro de *kung-fu*. Iba con pantalones oscuros a rayas, camisa color crema abotonada hasta el cuello y zapatos negros de punta. Eso, sin contar el cabello largo con cola de caballo y las marcadas ojeras.

Cerca de la redoma de Petare se desviaron hacia una callejuela empinada, franqueada por casas muy viejas. A medida que subían, el tendido eléctrico se interrumpía en pausas oscuras. Los baches del asfalto y la precariedad de las viviendas se hacían constantes. Pequeños grupos se reunían en las aceras. Algunos volteaban al ver el forzado andar del Fiesta.

«Ya hubiera llegado en la moto, este imbécil me retrasa».

—Si algo le pasa a Mei… —dijo Boris sin despegar la vista de la vía.

—No te me pongas nervioso, que esta es mi zona, viejo. Aquí no hay maestro que valga —Martín echó el humo del cigarrillo en dirección a la ventana y arrojó la colilla a la calle.

—Ya veremos, tigrito.

Arribaron al último tramo de la vía donde podían llegar en vehículo. Desde allí, debían seguir a pie para adentrarse en el callejón que conducía a la cancha. Martín se asomó por la ventana abierta. Un hombre les hizo señas para que estacionaran en un puesto reservado con un cono naranja. Bajaron, y Martín lo reconoció de inmediato: era el Chucky, uno de los tipos que había noqueado en su última visita a La Cobra. Los ojos claros, su corta estatura y el rostro picado de viruela como pecas, le habían valido el apodo del muñeco diabólico.

El Chucky le dio una rápida mirada de rabia contenida y echó a andar delante de Martín.

—Síganme, el jefe espera —gruñó.

El callejón era custodiado por cuatro Pegadores. Tres eran nuevos, unos mocosos sin pinta de saber boxeo. No se les veía el armamento, pero era obvio que guardaban pistolas en el cinto, bajo sus franelas anchas. Martín sabía que, con los novatos, los cocos secos, había que ir con cuidado. Siempre se querían lucir para ganar puntos. El cuarto hombre sí que era un viejo conocido.

Al verlos, el Miky envió un mensaje por radio, anunciando que Mustang venía acompañado. Una respuesta entrecortada desde otra radio les abrió el paso. Antes de adentrarse, Miky lo tomó por el brazo, pero él se lo zafó de inmediato.

—Te espero a la salida, Mustang. Si sales vivo.

La cancha estaba concurrida. Había no menos de veinticinco hombres y unas diez mujeres. Era evidente que no más de diez, además de los cuatro que custodiaban la entrada, eran Pegadores. Algunos iban armados como soldados en guerra. No todo lo resolvían a golpes desde que el Perro tomó el mando. El resto, mirones.

Se aglomeraban en una pared rayada con grafiti, frente a la cual alguna vez hubo un aro con su cesta. Solo quedaba la armazón oxidada. Un solitario poste irradiaba una débil luz proyectando sombras chinescas. Martín alcanzó a divisar a Meiling en las gradas, apretada entre dos mujeres vigilantes. En el centro de la cancha, el líder lo esperaba al igual que la última vez que se vieron. Solo que ahora no llovía.

—Es hora de saldar cuentas, Mustang. Tienes más vidas que un puto gato.

El Perro, todo de blanco, dio un par de zancadas al frente. Un semicírculo se formó a su alrededor.

——¡Co-li-se-o! ¡Co-li-se-o! ¡Co-li-se-o! —corearon hombres y mujeres.

Martín sintió un leve escalofrío. Esa arenga revivía el recuerdo de cuando fue liquidado por su propio clan. Pero, de algún modo, llevaba meses, días, horas, ansiando este momento.

—Antes de entrar en el coliseo, quiero que el Perro cumpla su palabra de hombre, de pegador —«No rechazará un reto delante de su gente», pensó—. Si gano legal, me llevo a Meiling y quedamos en paz. Si pierdo, me someto a la ley del jefe de los Pegadores. ¡Esta culebra se acaba hoy!

Gritos furiosos y silbidos punzantes colmaron la cancha.
A Boris no le quedó más remedio que apartarse.

—¡Fuego, Mustang! ¡Igual, de esta no te salvas! —
respondió el Perro.

XXX

COLISEO DE SANGRE

El círculo humano se cerró en torno a los luchadores. El Perro se plantó frente a Martín, mucho más alto. Lo miró desde arriba, calvo y rollizo como un *shar pei*. Cargaba el collar de puntas, afilado y pulido. Hizo señas a uno de sus hombres, que apareció con una bandeja metálica: contenía varios rollos de vendaje blanco y sobres de papel con hojillas nuevas.

«Coliseo de sangre. Va por el todo o nada», pensó Martín, sin demostrar que la idea no le hacía ninguna gracia.

Ambos tomaron las vendas. Las enrollaron en sus manos, cubriendo sus puños. El Perro abrió dos sobres de hojillas, las partió por la mitad y enterró dos tercios de cada hojilla en los vendajes de cada mano, entre los dedos índice y medio, y medio y anular. Alzó los brazos para mostrar los cortantes filos. Martín lo imitó, incrustando las hojillas al vendaje con cuidado de no cortarse. Mostró sus puños como garras. La concurrencia gritó frenética.

Era la hora del desquite de Martín. La revancha contra el nuevo jefe de los Pegadores que lo había derrotado con brujería. Ya no le parecía el diablo. Se trataba de rescatar a Meiling, pero también de saldar una vieja deuda: su linchamiento.

—Hace nada que eras un perrito llorón —dijo Martín—. Sigues igual de feo.

Se oyó un disparo al aire, el coliseo se dio por iniciado. El Perro movió el cuerpo y los brazos como un boxeador profesional. Arremetió contra Martín tratando de arrinconarlo contra la pared viviente del coliseo. Martín lo frenó con patadas que, al chocar con los puños del Perro, le causaron cortes de hojilla en sus zapatos y en la mezclilla del pantalón. No se entretuvo en la mancha que oscurecía la tela bajo su rodilla izquierda. Respondió con un golpe en transición de jinete a arquero. Clavó el puño derecho y las hojillas en el antebrazo del Perro que mantenía la guardia.

—¡Arrrrgggg! ¡Te voy a matar por segunda vez!

La ofensiva del Perro fue precedida por un movimiento de manos que Martín ya había visto en el pasado. Frotó el collar y liberó sus polvos negros. Le echó brujería incumpliendo el acuerdo.

Se tambaleó por la ceguera. Un puñetazo en el hombro le hizo resentir cada milímetro de las hojillas del Perro desgarrando su carne. «¡Maldita sea, no veo nada!». Inspiró profundo. Al calmarse, recordó que podía usar la energía del *chi*. Subió la guardia como un acto reflejo y ejecutó sus esquemas intuyendo dónde ubicar cada golpe. Iba absorbiendo la energía de la tierra mientras expulsaba el veneno de los Pegadores.

«Soy un guerrero *hung*».

Cuando la niebla se disipó de sus ojos, se encontró clavando ambos puños, de lado, como si sus brazos formaran la letra *C*, entre el pecho y el estómago del Perro. Las hojillas penetraron la piel de su oponente, y también la suya entre sus dedos. Pero ya no sentía dolor, solo una fuerza que lo sobrepasaba. El Perro reaccionó lanzando un derechazo que Martín bloqueó elevando los antebrazos, quedando un par de hojillas clavadas en ellos. Al ver a su rival encimado, le respondió con un demoledor rodillazo al pecho. Yara le había asegurado que esa patada era similar al rodillazo *muay thai*, cuya fuerza ejercida podía sobrepasar los quinientos kilogramos. Igual a tener un accidente a cincuenta kilómetros por hora. El Perro perdió el equilibrio, y bastó el remate de solo una de las diez manos asesinas para que se desplomara como un muro derribado a mazazos.

Las voces callaron. Martín giró en círculo mirando a todos.

—¡Pegadores! El Perro empeñó su palabra y debe cumplirla. Me entregan a Meiling y nos vamos en paz. ¡Esta culebra muere aquí! —dijo alzando los puños. La sangre corría por las hojillas y vendas. Por su hombro izquierdo y su pierna derecha también manaba el rojo.

El coliseo se abrió. Las mujeres miraron a los hombres y estos al Perro boqueando en el piso. Meiling no esperó, empujó a sus custodias y, cuando intentaron retenerla, las redujo a ambas con llaves de dragón, haciéndolas chillar. Nadie intervino. Corrió hacia Martín, mientras un expectante Boris, que poco pudo ver del combate por la pared humana del coliseo, empezó a retroceder. Fueron saliendo de la cancha con las manos en alto, acercándose al callejón.

Los Pegadores no los perdían de vista, pero tampoco los siguieron. Tres guardias de la entrada radiaron. Al oír la respuesta, abrieron espacio. Aceleraron el paso hasta el Ford de

Boris, quien levantó los seguros con la llave y se ubicó del lado derecho del vehículo. Miró a Martín:

—Maneja tú, que conoces mejor el barrio.

«Está asustado», comprendió Martín. Se dio cuenta de que Boris le miraba la pierna, porque tenía la tela del pantalón ennegrecida. La sangre goteaba sobre el asfalto. Se fue quitando las hojillas incrustadas en sus brazos, pero era el hombro el que le dolía de mil demonios.

—¡Vámonos ya, Martín! —gritó Meiling. Temblaba.

Al encender el vehículo, se escucharon varias detonaciones. Hubo un estallido de cristales. Oculto en una esquina, el pistolero disparaba, mientras Martín iba en retroceso a toda máquina tratando de salir de la zona de fuego. Los vidrios del parabrisas le cayeron encima. No se detuvo. Enderezó el carro llevándose conos y tumbando un pipote de basura. Vio por el retrovisor al resto de los Pegadores salir del callejón, menos al pistolero.

—¡Maldito seas, Miky, esto tiene que acabar ya! —gritó enfurecido, pero otros gritos en el asiento trasero se oyeron más duro.

—¡Boris! ¡Boris! —la voz de Meiling era un chillido estridente.

Al ver a su derecha en dirección al copiloto, la mirada de Martín se detuvo unos segundos en la mancha roja oscura, casi negra, que crecía en el pecho de Boris. No le bastó más que el vistazo para saber que no había nada que hacer. Saldría del barrio con Meiling, a costa de la vida de Boris. Pisó el acelerador hasta el fondo, intentando ubicar en su cabeza la trayectoria del hospital más cercano.

«Esa bala tenía mi nombre», se dijo, bajando el cerro a todo gas.

***

Varios de los Pegadores corrieron detrás del Ford Fiesta. Algunos montaron sus motos con intención de seguirlo, pero a la vez trataban de identificar al pistolero. Este ya había retrocedido hacia la cancha. No quedaba nadie en el sitio a consecuencia de los disparos. Solo el Perro, que intentaba sentarse. Las hojillas de Martín le habían dejado heridas sangrantes en casi todo el cuerpo.

El Perro reconoció al pistolero, y le extendió el brazo aliviado.

—Miky…

Tomó al Perro de la mano, le quitó una hojilla de la venda y le arrancó el collar de puntas. Antes de que pudiera entender lo que pasaba, le rajó el cuello con la hojilla. Lo dejó ahogarse en su propia sangre, que lo roció como un aspersor.

—Ahora el jefe soy yo —susurró, mientras guardaba el collar en un bolsillo. Escuchó a los Pegadores acercarse y se escabulló saltando la cerca de la cancha. Echó un último vistazo al cuerpo que se convulsionaba en el piso.

—Muerto el perro, se acaba la rabia.

XXXI

FUNERAL

Las escuelas del parque enviaron una delegación al entierro de Boris en el Cementerio de la Guairita, en las afueras de Caracas. Se le rendían honores bajo la conducción de su antiguo maestro, Zhang, mientras el ataúd bajaba al sepulcro. Meiling llevaba una bandeja con galletas. Al repartirlas, comentaba a los asistentes que luego del momento amargo había que probar algo dulce. Dago la percibió cansada y triste. A poca distancia, dos guardaespaldas de rasgos asiáticos, trajeados de negro, la mantenían vigilada.

—Son cortesía de *sifu* Zhang, como jefe de seguridad de la embajada —le había dicho al llegar—. Mi padre me quiere escoltada. Ya no puedo negarme.

Dago observó que Martín le quitó la bandeja. Se la entregó a uno de los familiares de Boris. Ella lo abrazó llorando.

Luego lo tomó del brazo pues él tenía las manos vendadas. Los lentes oscuros de Dago disimularon su frustración. A pesar de sus diferencias, Boris había sido un maestro del parque. Nada de esto habría ocurrido si Martín hubiese sido expulsado a tiempo.

—Buda decía que la causa de la muerte no está en las circunstancias, sino en el simple hecho de haber nacido —comentó Rei a su lado.

—Ve y cuéntaselo a su familia, Rei.

—Entiendo que estés molesto. Recuerda que debimos responder a una situación en la que estaba involucrado uno de los nuestros —Rei le puso una mano en el hombro—. Somos familia *hung gar*. Nuestro deber es ayudarnos unos a otros. Morimos del modo en que vivimos y Boris lo hizo con coraje.

—¿En serio Martín es uno de los nuestros? —preguntó sin disfrazar su cinismo.

Aníbal se les unió luego de deambular por el cementerio sin interactuar con nadie.

—¿Qué ha dicho la policía?

—Hola Aníbal —saludó Rei—. Según dicen, están investigando el doble homicidio, el de Boris y el del tal Perro. Pero Martín asegura que en ese barrio la policía recoge a los muertos y sale. Los malandros están mejor armados, nadie los delata. Son territorios sin ley.

—¿Sin ley? ¡Aquí el hampa es la ley!

—Y la política —acotó Dago—. Supe que el embajador, al parecer, ha silenciado el escándalo del secuestro.

Una anciana delgada de cabello largo y gris, arrastrando sandalias viejas y ropa ajada, se hizo paso entre la gente arrojando una cayena rosácea al conjunto de coronas que cubrían el féretro. Algunos repararon en ella, en su aspecto indigente, otros, simplemente, la ignoraron. La anciana miró a la nutrida asistencia. Se hizo paso. Se detuvo frente a Reinaldo, Aníbal y Dago, con cara de pocos amigos.

—*Nǐ hǎo*

Los tres dudaron. «Quizás alguna vieja conocida de la Escuela Dragón», pensó Dago extrañado.

—¿Qué manera es esa de no respetar a un maestro? ¡Saluden! —gritó con marcado acento chino.

—¿*Sifu* Hu? —preguntaron en coro. Casi por inercia bajaron la cabeza y marcaron el saludo *hung gar*.

—Pero… ¿Qué hace aquí? —preguntó Rei consternado—. ¿Por qué ahora? Está…, cambiada.

—¿Vieja y fea? —La anciana largó una estridente carcajada. Se volvió hacia Dago—. ¿Tu discípulo aprendió los puentes?

—Tengo dos, maestra Hu...—respondió Dago sin salir de su asombro—. Y dos los tiene el tipo de allá, de suéter negro y manos vendadas. Es el discípulo de Aníbal.

—¡Aaah! Entonces vienen los dos conmigo. La tríada quiere el *Báihǔ Kyun* —se acercó a susurrarles. Su ropa olía a fruta rancia—. Rápido, ese demonio dragón de allá es uno de ellos.

—¿El maestro Zhang? —susurró Aníbal.

—¿Cuál otro? —La anciana soltó un bufido—. No distingues una serpiente de una lombriz. Maestros, no abandonen el parque, hay que confundirlos. Yo me llevo los discípulos. Tú, busca al otro —ordenó, señalando a Dago.

—¡Sí, maestra! ¡El *chi* sea uno con nosotros!

—¿Ah? ¿Yo les enseñé eso?... ¡Oh, sí! ¡Ya recuerdo! ¡Con todos! ¡Ahora corre, muchacho!

Dago aceleró el paso hacia donde estaba Martín, pero solo veía su brazo entrelazado al de Meiling. El muy cabrón le quería ganar esa partida también, y eso ya era el colmo. «La ignorancia es osada», pensó indignado. Su «hermano menor», su *sidi,* se estaba confiando. Jugaba con fuego sin caer en la cuenta de que su próximo rival, el verdadero tigre, lo acabaría sin piedad, pasara lo que pasara y al costo que fuere.

«Yo, Martín», se dijo apretando los puños. «Yo».

LIBRO SEGUNDO

FULGOR

Una montaña no tiene lugar para dos tigres.

Proverbio chino

XXXII

Año del Perro, 1958

Templo Taiseki-ji, Japón

Hu subió hasta el último peldaño, divisó al *sensei* e hizo una reverencia. Estaba sentado bajo un arco triangular bermellón que se sostenía en dos travesaños paralelos. El hombre asintió. Un viento frío, proveniente del Monte Fuji, a las espaldas de Hu, removía sus cabellos negrísimos, a la vez que regaba la dulce fragancia de los cerezos. Se ubicó a su lado.

—*Sensei* Toda, quería usted verme.

—*Kon'nichiwa,* Hu-San. Buenos deseos para ti.

—Gracias, *sensei*, mis deseos de felicidad para usted también. ¿Sucede algo?

—Han llegado. Los que te buscan. Debes marcharte pronto —respondió con pausa el hombre, ajustando sus lentes de espejos circulares.

—¿Los Guardianes dice usted? ¿Pero cómo…?

«Han pasado cinco años ¡y estoy tan lejos!», pensó angustiada.

—Sí, la tríada, desde China. El budismo enseña que todos los seres vivientes están estrechamente conectados, y tú tienes algo muy valioso que ellos quieren. Debes partir lejos, muy lejos, a Occidente…, América.

«¿América? ¡Imposible!».

—Cumple con tu misión en la tierra, muchacha. Recuerda al gran maestro T'ient'ai: los tres mil mundos están contenidos en un solo instante de la vida. Determinaste tu rumbo al tomar los sutras del gran maestro Wong Fei Hung.

—*Sensei*, no puedo dejar todo y huir de nuevo. ¡No me pida eso, por favor!

—Todo tiene un propósito… —respondió el maestro Toda, interrumpiendo sus palabras con un largo acceso de tos.

«*Sensei* no se ve bien…».

Lo obstáculos están en tu cabeza —El maestro señaló hacia la montaña—. Recuerda la enseñanza: si no cumplimos nuestra misión de vida, seremos como la tierra árida en la cima del Monte Fuji, donde nada florece. ¿Las barreras? Si una mosca azul se aferra al rabo de un caballo, puede recorrer diez mil millas.

Hu respiró profundo. Se dirigió al *sensei* con nuevos ánimos.

—Si es como usted dice, debo ocuparme en encontrar a aquel capaz de desvelar el *Báihǔ Kyun,* el que iluminará nuestro camino hacia la forma suprema del *hung gar.*

El maestro Toda asintió.

—Lo que debías aprender aquí, ya fue. Sigue tu camino —Las campanas del templo comenzaron a sonar a poca distancia de donde se encontraban.

—Lo que sé, *sensei,* es que, con el paso del tiempo, la práctica del *kung-fu* se convirtió en un fin en sí mismo y no en el medio para comprender la verdad fundamental a la que aspiraban los antiguos monjes Shaolin: la liberación del poder interno. Las técnicas-puente, que solo yo conozco, en manos equivocadas, pueden conducir a enseñanzas oscuras con consecuencias nefastas. Tigres hambrientos devorando rebaños de ovejas.

—Vivir es enfrentar dificultades, Hu-San. No te dejes vencer, has visto el crecimiento de nuestra sociedad de valores, aquí en Japón, en los trances de la posguerra. El sutra del Loto dice: sin un valiente y vigoroso espíritu, no podemos romper los eslabones de hierro del destino ni podemos derrotar los demonios.

—Si este es mi karma, lo haré entonces, *sensei*. Enfrentaré mis miedos y dudas. Partiré a América.

Sintió un cosquilleo en el estómago al pensar de nuevo en ese rumbo desconocido.

—El maestro Nichiren dijo: «cuando el hierro es forjado al rojo, las impurezas del metal afloran a la superficie». Ley de causa y efecto, Hu-San…

El hombre volvió a tener un acceso de tos que parecía ahogarlo. Hu tomó su mano.

—¿Se encuentra bien, *sensei*?

El maestro se calmó. Comenzó a respirar pausadamente, con los ojos cerrados. Recobró su semblante sereno. Hu tuvo la certeza de estar ante un alma elevada.

—Los cerezos están en flor, Hu-San... La hora de iniciar el viaje hacia mi próxima vida se acerca. Así y todo, no me he desalentado.

—*Sensei* Toda, ¿es usted un buda encarnado?

—¡Me enorgullezco de ser un mortal común! Ahora vete, vete que se hace tarde.

Hu se levantó con determinación, hizo una rápida reverencia y se marchó apresurada. Nunca más volvió a Japón.

XXXIII

Año del Tigre, 2010

Cárcel de Uribana, Venezuela

Luego de pasar dos puestos de control de la Guardia Nacional y recorrer la calle principal de acceso a la cárcel de Uribana, Miky fue recibido por un famélico recluso de pañuelo rojo en la cabeza, que lo escoltaría hasta la celda del Brujo.

Habían autorizado su ingreso sin requisa, a pesar de que pocos meses atrás, durante un motín, ochenta personas fueron asesinadas y cien resultaron heridas de bala entre guardias y reos. Llevaba consigo su cuchillo, el collar de puntas de metal y la media hojilla con la que había asesinado al Perro.

Antes de llegar a la torre, atravesaron la ancha calle principal donde la visita, en su mayoría mujeres, esperaba en las improvisadas tiendas de alimentos administradas por los presos. Gruesas paredes mugrientas, perforadas de balas y esquirlas de alguna granada detonada, encajonaban la cárcel. A medida que se acercaban a la torre, crecía la montaña de basura, el zumbido del moscardón alborotado por el calor y el olor a mierda y orines, como una neblina envolvente.

Llegaron a la torre. Miky intuyó que su trayecto era observado desde las atalayas. Enfilaron hacia el pabellón cuatro, letra C. Un grito y su eco rompieron los murmullos.

—¡Llegó visita al pran de La Cobra! ¡Llegó visita al pran de La Cobra!

Avanzó por el pabellón intermitentemente alumbrado. El escolta se detuvo en el umbral de una celda. Se retocó el pañuelo rojo, anunció su llegada con un silbido y abrió la reja de barrotes forrada con madera y papel periódico. Se hizo a un lado indicándole a Miky que entrara solo. Una voz grave se oyó desde la penumbra.

—¡Bienvenido, hijo mío!

Lo primero que vio en la celda fue a dos hombres en la cama individual. Su antiguo mentor estaba en *jeans* y franelilla, sus collares a la vista, con medio cuerpo recostado en la pared, mientras un carajito dormía en posición fetal con la cabeza apoyada en los gruesos muslos del Brujo. El hombretón le dio unas palmaditas en la cara al jovencito que se despertó sobresaltado, buscando su camisa a tientas. Tenía cara de niño, pero era todo pelo en sus brazos, pecho y espalda. Al fin la encontró encima del televisor apagado, se la puso y se quedó de pie esperando instrucciones.

—¡Vete, Peluche!, vuelves en la noche.

El muchacho se marchó con la cabeza gacha, sin siquiera mirar al recién llegado.

—¿Cómo está la vaina, Miky? —preguntó el Brujo con su voz de trueno.

—Nada es igual sin ti y sin el Perro. —«Ahora es mejor», se dijo para sus adentros.

—Bueno, desde acá no puedo hacer mucho. Tú eres mis ojos afuera —El Brujo estiró el brazo y tomó una caja de cigarrillos de una mesita al lado de la cama. Le ofreció uno a Miky, encendió otro para él.

—Ahora eres pran en Uribana —Miky dio una calada profunda al cigarro. Asintió varias veces en señal de respeto.

—No me quejo. Hay seis pranes líderes que controlan las drogas y las armas, pero yo soy el que organiza las rumbas y los coliseos. Además, dirijo el gimnasio. Lo montamos nosotros — Elevó con orgullo su puño de boxeador—. Pero igual tengo mi arsenal de pistolas y granadas. Aquí, si no te joden los militares o los custodios te joden los presos.

Se hizo un silencio largo. Fumaron sin decir palabra. Finalmente, el Brujo preguntó en voz baja.

—¿Quién lo mató?

—Fue el Mustang, Brujo. Se comió la luz. No reconocía al Perro de líder y le abrió la garganta en un coliseo —Había ensayado su respuesta. Si el pran no se la tragaba, capaz lo quebraban ahí mismo—. Lo enterramos como a un varón. Trancamos la calle frente al Cementerio del Sur, cincuenta motos dando vueltas alrededor de la caja del Perro. La gente bebiendo ron, fumando tabaco, echando plomo al aire por tu hermano.

El Brujo se lo quedó viendo fijamente. Miky le sostuvo la mirada, a la vez que abría un bolso koala que tenía abrochado bajo su camisa. Sacó el collar de cuero negro y puntas metálicas que perteneció al Perro.

—Vine a que me eches la bendición con los Pegadores ¡cobremos venganza!

—Y pensar que un pajarito me dijo que el traidor eras tú…

Miky esperaba ese comentario, el Brujo no era ningún pendejo.

—Aquí me tienes, Brujo, dando la cara —Se arrodilló y extendió un brazo ofreciéndole el collar. El otro brazo lo dejó atrás, a tiro del cuchillo oculto bajo la camiseta.

—Conque Mustang… —susurró el Brujo.

Con rapidez inesperada, tomó a Miky por el cuello. Dedos de gorila se cerraron en su garganta. No le opuso resistencia, a pesar de su intento por no desvanecerse. «Resiste… Te está pro…, bando».

El Brujo lo apretó. Abrió los ojos como si fueran a salirse de sus órbitas. Mantuvo su lengua mordida, cuya punta sobresalía de su boca, mientras tensaba el enorme brazo, cortándole la respiración. Miky, como pudo, metió la mano bajo el pantalón directo a sacar el cuchillo. Su piel oscura fue pasando de una tonalidad rojiza a una azulada. De pronto, el Brujo lo soltó.

—Está bien, carajito, te creo… —dijo resoplando.

Miky tosió, a la vez que recuperaba el aliento. El Brujo le quitó el collar de su hermano y lo apretó en un puño; las puntas de metal sobresalían de sus dedos gordos.

—Yo te conjuro este collar y reclamo poderes para ti que lo portas, para que hagas pagar al Mustang todo el sufrimiento y las heridas abiertas que hay en mí, para que le pagues con la misma moneda y el mismo sufrimiento. Que los Pegadores te sigan donde vayas. Tienes mi bendición.

—¡Que así sea, que así sea! —respondió Miky, con voz rasposa y jadeante. Se levantó con los ojos inyectados en sangre. Había ganado por partida doble: tenía luz verde contra Mustang y era el nuevo jefe de los Pegadores.

XXXIV

LA ENTRADA DEL DRAGÓN

La funcionaria de aduanas le hizo señas de que era su turno. Avanzó hacia uno de los cubículos con una luz verde encendida. La mujer, al otro lado del cristal, extendió la mano sin verle la cara. Deslizó el pasaporte por la rendija. Esperó. La funcionaria, una morena achaparrada con cara de sueño, tecleó en su ordenador. Segundos después, alzó los dedos del teclado y se volvió en dirección a él. Lo vio por primera vez a los ojos. Luego, posó la mirada en el pasaporte para entonces volver a verlo.

—¿Habla español?

—Sí.

—¿Llegó en el vuelo de Air China?

—Sí.

—¿A qué viene a Venezuela?

—Negocios.

La funcionaria no preguntó nada más. Le retuvo el pasaporte sin ponerle el sello de entrada. Apretó un botón y murmuró por un auricular. Él le sostuvo la mirada a pesar de que la mujer lo ignoraba. Vio el lóbulo de su oreja enrojecer, justo por encima de un pequeño arete dorado. Percibió la súbita rigidez de sus hombros, casi imperceptible. Echó un vistazo fugaz, pero suficiente, a esa área del aeropuerto: pasajeros recién desembarcados en fila, parlantes recitando monólogos indescifrables, tonos pasteles del decorado en contraste con cartelones políticos de fondo rojo.

Dos uniformados, con trajes oscuros camuflados y gorras a juego, caminaron en su dirección. «Oficiales de migración», pensó. Aferró su bolso de mano. Lo abordaron.

—Señor, acompáñenos, por favor.

—¿Algún problema?

—Venga por aquí.

Los siguió en silencio. Los oficiales eran casi de la misma altura. Uno mayor con ínfulas de carcelero que caminaba con desparpajo, el otro un chico joven con actitud idéntica: parecía una mala imitación del primero.

Los dos oficiales lo flanquearon haciéndolo avanzar por un largo corredor. Al tiempo que se desplazaban, sus escoltas fueron saludando a otros funcionarios que se quedaban viendo la escena sin disimulo. Llegaron a un área de oficinas. Abrieron una puerta invitándolo a pasar. Entraron a un cuarto mínimo, completamente blanco, con una sola silla y un filtro de agua.

—Siéntese —le ordenó el hombre mayor, sin regodeos. El más joven le pidió el bolso de mano. Se lo descolgó para dárselo. Se sentó en la silla. En el cuarto no había aire acondicionado, hacía calor.

Examinó cada gesto corporal y no verbal de sus captores. Ambos se mantuvieron quietos, mirándolo fijamente. «Intento de intimidación», analizó al instante. El oficial de más edad se aclaró la garganta. Lo señaló con el dedo índice. «Intento de demostrar dominio». Al mismo tiempo, sonrió. «Finge, no arruga los ojos».

—¿A qué viene a Venezuela? —dijo el mayor de los funcionarios, tomando como siempre la iniciativa.

—Negocios.

—Negocios… —repitió el oficial mirando a su compañero. Este soltó una risotada algo exagerada.

—Mire, caballero, al poner su nombre en el sistema apareció una alerta. ¿Sabes lo que es una deportación, chino?

«Cabeza alzada. Volumen de voz alto, tono decidido, velocidad media. Intento de mostrar agresividad y poder».

—¡Le estoy hablando!

—Te está hablando —intervino el joven.

«Cuello tenso, ceño fruncido. Señal de inconformidad».

—No habla. —dijo el oficial frotándose las manos.

—No habla. —repitió el joven riendo, como un eco.

«Insuficiencia intelectual, imitación del líder, risa infantil. Señal de que es un pendejo».

—¿Tienes dólares, chino? —Insistió el mayor de los oficiales—. Porque, en lo que informe a mi supervisor, te van a detener uno o dos meses antes de deportarte. A menos que pagues una fianza de 15.000 dólares...

Mientras hablaba, el oficial dirigía la mirada hacia arriba y a la derecha. «Posibilidad de que mienta, pero no es suficiente. Parpadeo intenso y frecuente. Labios fruncidos. Señal de tensión emocional».

—Mira, un traje de karateca —dijo el oficial joven revisando el bolso de mano, mostrando un uniforme de *kung fu* verde claro— ¡Tú te pareces a Bruce Lee y todo!

—Mira, chino —dijo el oficial mayor bajando el tono de voz— También podemos resolver esto entre nosotros, como amigos, porque me caes bien.

—No tengo dinero —dijo al fin—.

—¡Mentira! ¿Quién vine de tan lejos sin dólares? No me mientas, chino, y pónmela fácil. ¿Cuánto traes en efectivo? —le dijo inclinándose hasta quedar a su altura.

«Disminución de las pupilas. Señal de ira».

—Te van a meter preso, chino —dijo el joven ojeando un cuaderno repleto de ideogramas. Lo metió de nuevo en el bolso.

—Entiendo.

Asintió y metió una mano en el bolsillo de su camisa. Palpó el anillo allí guardado, pero tomó una tarjeta. La extendió.

—Por favor, llamen a este número de la Embajada china.

Los oficiales tomaron la tarjeta con brusquedad. Se miraron entre sí. «Señal de duda».

—Gómez, espéreme aquí, que voy a hacer una llamada. Me vigila al señor —ordenó el oficial mayor y salió del cuartico. Entró un poco de aire frío.

—¿Tú eres actor, chino? ¿Conoces a Jackie Chan? —preguntó Gómez apenas se fue su jefe. No obtuvo respuesta.

Transcurridos quince minutos exactos, reapareció el oficial mayor en el cuarto. Se le veía más pálido, con una sonrisa forzada. El uniforme se le adhería al cuerpo como si hubiera corrido una maratón.

—¡Caballero! ¿Cómo me lo tratan? ¡Todo ha sido un malentendido! Aquí le traigo su pasaporte selladito y todo.

«Pequeños movimientos espasmódicos. Señal de inseguridad». Se levantó de la silla y tomó el pasaporte.

—¿Caballero, quiere agüita? ¿No? ¡Ayúdalo con el bolso, Gómez!

El oficial le abrió la puerta. Lo invitó a salir primero. Cuando pasó junto a los oficiales, simuló un resbalón. Hizo un amague de caída. Los oficiales, acto reflejo, intentaron ayudarlo y él se aferró a un brazo de cada uno. Hundió sus pulgares en el punto de presión exacto. Los hombres palidecieron. Se les dibujó una mueca de dolor. No pudieron articular palabra. «Estado de shock. Compromiso del sistema nervioso. Señal de pánico». Aflojó.

—Disculpen. Casi me caigo. Gracias por ayudar.

Se terció el bolso de mano a un costado y salió del cuartico. Intuitivamente, supo hacia dónde salir, ya había hecho una previa observación detallada del entorno. Los funcionarios lo miraron con respeto y distancia. Era el hombre de la llamada a la embajada. Obviamente, nadie quería propiciar un escándalo.

Recogió su equipaje, solitario, dando vueltas en la correa de la sala de desembarque. Pasó por la aduana sin más incidentes. Revisó su bolsillo y, ahora sí, se puso el anillo. Al salir hacia el área de espera, entre el gentío aglomerado, vio a un hombre trajeado de gafas oscuras con un letrero. Notó el anillo idéntico al de él, con un tigre rojo, tapando en parte una de las letras de su nombre escrito en el cartel que sostenía: HAN.

XXXV

LA BRUJA CHINA

La pequeña finca de Hu se hallaba en un desvío de la carretera entre Ocumare y Cúa. Una zona boscosa y agrícola de los Valles del Tuy, en el corazón del estado de Miranda, a setenta kilómetros de Caracas. La maestra y Dago habían llegado al pueblo de Ocumare en autobús. Allí se encontraron con Martín, que arribó en la Suzuki, para seguir el trayecto hasta la finca. *Sifu* se negaba a montarse en la motocicleta, así que ella y Dago tomaron una vieja camioneta de transporte público, maltrecha, de neumáticos lisos, que los apeó a un costado de la carretera, dejando tras de sí una nube de humo. Martín los escoltó durante el trayecto.

—Cuando voy al pueblo lo hago en bicicleta —fue una de las pocas cosas que comentó Hu durante el recorrido—. Los días en que no ando en ella me dan los achaques de la edad.

«Luego de tantos años volveré a entrenar con la gran maestra Hu…, que es esta misma anciana tan rara. Casi no puedo creerlo», pensó Dago mientras su mirada se paseaba del rostro adusto y arrugado de la maestra a sus gigantescas uñas torcidas.

El desvío daba acceso a otros terrenos cercados. Era difícil ver las casas tras los árboles y sembradíos, incluso en un día diáfano como aquel. El sol los azotaba mientras avanzaban por un tramo de tierra silencioso, interrumpido apenas por el trinar de pájaros lejanos. Subieron una pequeña cuesta a su izquierda. Llegaron al terreno llano donde se erguía la casa de Hu.

En el porche, junto a una hamaca de tela beige, un par de hombres esperaban en el umbral. Un perro callejero grande y amarillo, amarrado a una columna, ladraba sin cesar. El de más baja estatura, un tipo de nariz ganchuda y expresión avinagrada, la saludó tocándose la punta de su sombrero marrón. Ambos sudaban.

—Hola, china. Veo que tienes visita. Eso sí es raro.

A Dago no le gustó el tono del hombre, pero dejó que la maestra se encargara.

—La china es vieja, necesita ayuda. ¡Silencio, Gou! —gritó Hu, y el perro amarillo cesó de ladrar.

—Para eso estamos nosotros. Para cuidar a la gente. Te hubiéramos mandado a alguien —El hombre los miró de arriba a abajo. Dago percibió el recelo. Martín se estuvo quieto y eso era bueno. Con él nunca se sabía cómo iba a reaccionar—. En fin… Hoy es día de colaboración con la causa.

—Sí, sí, espere aquí, ya le traigo la plata. ¿Quiere un té?

—¿Estás loca, bruja? ¿Con este calor? Mejor tráeme uno de tus frascos con medicina de hierbas y un preparado con miel para el jefe. ¿Tú quieres algo? —preguntó volviéndose hacia su compañero, un muchacho delgado con una pelusilla negra sobre los labios resecos que hacía las veces de bigote.

—Nada, Buitre —respondió el muchacho, asegurando un revólver cuya cacha se dejaba ver enfundada en el pantalón.

Mientras Hu volvía con el encargo medicinal y el dinero para la «causa», el que se hacía llamar Buitre comentó:

—Somos del Colectivo Revolucionario Piedra Viva. La paz y el orden en esta vaina.

«Paramilitares de mierda, quien los viera sin pistola», pensó Dago.

—¡Ya, listo! ¡Aquí todo, aquí todo! —gritó Hu con voz chillona.

—Fino, bruja. ¡Agarra ahí, carajito! —hizo señas a su compañero que corrió a tomar los frascos que Hu les ofrecía. El Buitre se volteó hacia Martín y Dago—. Diles a tus muchachos que se porten bien y no se coman la luz con el Colectivo — mientras hablaba, se golpeó el pecho con la mano. Lucía un anillo de plata coronado con un granate.

«¿A quién se lo habrá robado?», pensó Dago mientras los veía alejarse. Los hombres partieron en un viejo Jeep con techo de lona. Hu hizo pasar a sus nuevos discípulos a la casa. Dago fue tras ella, pero Martín no se movió hasta ver el auto desaparecer por la cuesta.

Colectivo controla la zona, no se metan con eso —dijo al fin la maestra—. Hu siempre sola, y esta es mi casa. Dejen sus cosas y al patio.

El patio de tierra estaba en la retaguardia de la casa. Colindaba con el sembrado del terreno semi cercado, bordeado de árboles de naranjas, limón, plátanos y mango. Al fondo había un gallinero, aunque algunas gallinas andaban sueltas picoteando por el piso.

—Entrenaremos hasta que alguno merezca el *Báihŭ Kyun*. Y trabajarán, aquí se come lo que se siembra y se cría. De noche se medita. Pero antes te debo curar la pierna —dijo señalando a Dago con un dedo, delgado y curvo, surcado de arrugas, mientras este fruncía el ceño con el teléfono celular en la mano.

«Maldita sea, sin señal y con Martín las veinticuatro horas».

Pasaron al interior de la casa, modesta, con un largo pasillo que se iniciaba en la cocina, llena de frascos con brebajes y ramas clasificadas. De la cocina se extendía hacia una salita y dos cuartos. Todo en ella era suficiente a la par de funcional. Paredes descascaradas sin adornos, con utensilios y muebles rústicos. Lo único que destacaba era un altar de madera al fondo y algunas armas de artes marciales esparcidas.

La maestra invitó a Dago a sentarse en una silla. Le indicó que estirara su pierna izquierda, con cuidado, encima de un taburete de madera. Martín se mantuvo de pie observando, mientras la maestra Hu le arremangaba el pantalón hasta dejar la pierna al descubierto.

—Ya estoy bien, *sifu*, no hace falta que… ¡Ay!

—¡No sirve! —Hu mantenía sus dedos índice y pulgar enterrados en los cuádriceps de su discípulo como dos garfios de acero. Dago cerró los ojos.

«Duele de mil demonios».

—Mi padre decía: «Pequeña Hu, aprende a curarte antes de aprender *kung-fu*».

Mientras hablaba, destapó un ungüento de olor rancio y frotó con fuerza la pierna con la cataplasma, haciendo caso omiso a la expresión de dolor de Dago.

—Aguanta. Si entrenas como Wong Fei Hung, pero tu mente no resiste, no sirve. Si quieres ser el Tigre Blanco, tu cabeza debe creer.

—¿Qué? —preguntó Martín a la maestra, que seguía frotando la cataplasma.

—Saber los cuatro puentes no enseña por sí solo la forma del tigre. Hay que vivirlo. Eres lo que crees que eres.

—O sea, que no basta con aprenderse los cuatro puentes, ¿es eso? —insistió Martín.

—El *Báihǔ Kyun* no es una forma rígida. Es saber el cómo, el cuándo y el dónde usar las técnicas. Cuerpo y cerebro.

Martín observó la agilidad de la anciana con detenimiento antes de volver a preguntar.

—¿Cuántos años tiene, maestra?

—¿Me estás llamando vieja? —La cara seria trastocó en felicidad—. ¿Setenta? ¿Cien, tal vez? Jijijijijijijijijijiji.

—Nos has vigilado —interrumpió Dago con una expresión más relajada—. Yo la vi en el parque, junto a la jaula del tigre. Tenía mis dudas, pero ahora sé que era usted, *sifu.*

—¿En verdad creyeron que los abandoné? Cuesta ver lo que tenemos al frente. El *tao* enseña, no actuar también es actuar. Tus maestros, ustedes, debían crecer sin mí. Mucho poder en la forma de la no acción… *Wu wei.* Estaba sin estar.

—O lo de tu pierna era una tontería o la medicina de *sifu* es muy buena. O tal vez sea una excusa para fingir desventaja al pelear conmigo —dijo Martín al ver que Dago se levantaba caminando sin molestias.

—Tal vez sean las tres cosas —opinó Hu circunspecta—. Soy bruja, ¿no?

Dago los vio reírse y no le hizo gracia. Se fijó en que ambos tenían cicatrices en la cara.

—Ustedes dos se entenderán bien. No son nada simpáticos —se quejó Dago, medio en broma. Ya no sentía dolor, apenas una leve molestia, y eso era un buen comienzo.

XXXVI

Coronación

Miky revisó los cajones de la oficina más amplia de la Casa Cultural del barrio, colindante con la cancha, y encontró algunas cosas de interés. Municiones, teléfonos móviles, cadenas de oro y otras piezas que ahora le pertenecían. Desalojada de funcionarios y ocupada por los Pegadores, desde allí despachaba el máximo líder. También era el refugio de las armas y la mercancía. Tal vez por eso no se habían molestado en quitarle los carteles ni las pintas con propaganda política a favor de la revolución que cubría las paredes externas. Les servían de tapadera y patente de corso.

Flexionó los dedos de la mano derecha. No había dolor. La vez que peleó con Mustang, frente a su pensión, había estrellado el puño en su casco, ocasionándole la fractura del boxeador, lo que el maldito matasanos que lo operó llamó «rotura del quinto hueso metacarpiano».

Se cansó de revolver su nuevo despacho. Decidió sentarse en el sillón de cuero frente a un viejo escritorio de madera, demasiado grande para su gusto. Metió la mano en el bolsillo derecho de su chaqueta y extrajo un pequeño tubo de metal. Con su otra mano tomó su cuchillo de cazador. En su pulida hoja metálica esparció un montoncito del polvo que guardaba en el tubo. «Perico del bueno», se dijo, mientras acercaba la punta del cuchillo a su nariz. Esnifó el polvo, contuvo el aliento un par de segundos y resopló. «Aaaah». La droga empezó a caer.

«¡Soy el jefe!», pensó eufórico, «¡este ratón de mierda se los clavó a todos!»

Se quedó mirando las carpetas y la calculadora sobre el escritorio. Luego pensaría quién le llevaría las cuentas, lo de él era el control de la calle. La noche anterior lo habían coronado, ahí mismo en la cancha, como líder de los Pegadores. Apenas llegó de Uribana, ya la noticia había recorrido el barrio, era el sucesor del Perro. Atrás quedaron los días en que soñaba ser la mano derecha del Brujo. Ahora era el líder y no cometería los errores de los jefes anteriores, ese par de hermanos obsesionados con el boxeo.

«Los Apuñaladores, deberíamos llamarnos ahora».

Lo celebraron con tambores en vivo, mucha caña y mujeres. Le entregaron el collar con las cuentas sagradas, de cinco bolas doradas y cinco negras, pero no se lo puso, se lo guardó en el bolsillo. Prefirió ponerse el collar de puntas del Perro, conjurado por el Brujo. Bailó y bailó salsa brava. Amaneció en la cama con dos jevitas explotadas, una más diabla que la otra. Pero había llegado la hora de atender los *bisnes*.

Tocaron la puerta, uno de sus hombres le anunció que el Chucky quería hablar con él. Era urgente.

—Que pase. Y me lo cateas primero —dijo Miky, alzando la voz. Sacó de una de las gavetas una Taurus 9 milímetros, plateada con cacha negra. La puso sobre el escritorio a la vista y al alcance de su mano.

Chucky asomó su rostro picado de viruelas e hizo una leve inclinación de cabeza. Entró a la oficina, cerró la puerta y se quedó parado mirando a Miky con sus ojos claros de bachaco mestizo.

—Felicidades, Miky. Vengo a ponerme a tu servicio.

—Es tu deber. Soy el jefe.

«Este güevón se viene a tutearme».

—Jefe…, la gente habla mierda. Dicen que mataste al Perro y que por eso...

Miky tomó la pistola y lo apuntó a la cara. El Chucky hizo silencio. Abrió los ojos como dos platos.

«Qué cosas —se dijo Miky—, así se parece más al muñeco diabólico de la película. Y los muñecos no aguantan plomo».

—¡Calma, calma, jefe! —Chucky bajó la cabeza y alzó las manos.

—¡Calma un coño de la madre!

—¡Nadie puede acusarte de nada, jefe! Los otros llegaron después que habías saltado la cerca. Yo fui el único que te vio. ¡Y no voy a hablar!

—Si te mato aquí, seguro no hablas.

—¡Hay que joder al Mustang por traidor, tú lo dijiste en tu coronación! ¡Sé cómo encontrarlo!

Miky bajó el arma. Hilos de sudor recorrían los surcos irregulares de la cara marcada del Chucky.

—El Mustang se esfumó después del tiroteo, ¿cómo lo vamos a encontrar, según tú?

—Jodiendo a sus amigos —respondió el Chucky con una vocecita que era casi un susurro—. Los del Parque del Este.

Miky asintió, volvió a poner la Taurus sobre la mesa y metió la mano en el bolsillo. Extrajo el pequeño tubo con la droga. Tomó el cuchillo que reposaba sobre el escritorio. Colocó un montoncito de polvo en la hoja y estiró el cuchillo hacia Chucky.

El muñeco viviente se acercó con cautela, aplastó el montoncito blanco con el meñique y se lo llevó a la boca para darse un toque con la punta de la lengua. Acercó su nariz al filo de la hoja. Se hizo un corte por encima del labio superior. «Pendejo», pensó Miky sin que le temblara el pulso.

Chucky se tapó la fosa nasal izquierda y se metió un pase directo, inhalando con fuerza. Su nariz y su boca quedaron manchadas de polvo blanco y de sangre.

—Serás mi lucero, el segundo al mando. ¡Ahora vete y déjame solo! —sentenció Miky. Ambos hombres se despidieron con evidente desconfianza mutua.

XXXVII

SACANDO FUEGO DE LEÑA MOJADA

—¡No sirve, no sirve! —gritó Hu con la estridencia de su voz chillona.

«Esto no es entrenamiento, es tortura», se dijo Martín leyendo el mismo pensamiento en la cara de Dago. En apenas semanas, la maestra los había llevado al límite, particularmente ese final de jornada de una tarde plúmbea, bajo un aguacero.

Se levantaban a las cinco de la mañana a lavarse la cara y ponerse el uniforme negro y blanco para empezar a entrenar aún a oscuras, a las cinco con quince. Lo primero era trotar en círculos, haciendo crujir las hojas secas del patio. Estiraban los músculos y luego afianzaban sus posturas básicas, aspirando la brisa fresca del amanecer, activando el *chi* con el despertar del día. Luego vendría el repaso de esquemas hasta las ocho menos veinte, hora del frugal desayuno de alguna fruta, pan y huevos criollos.

A las nueve retomaban el entrenamiento físico bajo la mirada atenta de la vieja maestra que se mantenía de pie girando, dando instrucciones. Dependiendo del día, la rutina consistía en continuar practicando las formas con el peso de un ladrillo en cada mano o con siete aros metálicos alrededor de sus antebrazos. En otros, en ejercicios de fuerza, como hacer carreras cargando a *sifu* sobre sus hombros, que a juicio de Martín «chillaba y reía como poseída por el diablo».

A veces, *sifu* les pedía avanzar con las manos en el piso, mientras el otro le sostenía las piernas en forma de carretilla. Tenían también que levantar y trasladar enormes bloques grises sustitutos de las pesas. En ocasiones, la maestra les ordenaba atrapar pequeños sacos de arena con las garras del tigre, en postura del jinete, que debían lanzarse uno frente a otro sin dejarlos caer; o cavar huecos en la tierra, meterse cuando estos llegaban a la cintura, saltar fuera y volver a entrar repetidamente sin apoyo de las manos.

No obstante, ese lunes, la dinámica sería un poco distinta. Repasaron esquemas de armas, luego ataques con el muñeco de madera, bajo la lluvia que había empezado a caer poco después del desayuno.

—Usa el *chi*, pequeño saltamontes. Dosifica la energía —comentó un desaliñado Dago, mientras veía a Martín golpear el *jong*.

—Ajá.

«Ponte aquí frente al muñeco y verás cómo me dosifico»

—¡No sirve, no sirve! —gritaba Hu.

Sifu los golpeaba con un largo bastón, mientras aplicaban sus técnicas contra el muñeco de madera. La lluvia y el sudor salpicaban de los uniformes empapados.

—¡Dejen eso! ¡Hora de trabajar!

Por las tardes, Hu les encomendaba tareas para el mantenimiento de la finca: reparar alguna gotera, recoger fruta o desmalezar el patio. Después del almuerzo, ella solía acostarse en la hamaca del porche a escuchar la radio, cualquier emisora con música de rocola y cabaret, mientras Gou se echaba a su lado a esperar a que la anciana lo sobara.

Al caer la noche, Dago y Martín cenaban exhaustos, acalambrados. Se duchaban para luego reunirse a meditar y a beber el té verde que la maestra preparaba. Tomaban asiento frente al rústico altar con talles de grullas, cuyas pequeñas puertas abiertas dejaban ver en su interior un pergamino con caligrafías en lengua sánscrita, a las que Martín llamaba «garabatos».

La ceremonia del té iniciaba con las hojas que *sifu* Hu esparcía en un recipiente de cerámica con agua hirviendo. Los discípulos ofrecían la infusión a *sifu* Hu, quien bebía de primera.

Martín prefería el café negro, pero no se quejaba. A Dago sí parecía gustarle la infusión amarga del té sin azúcar.

Martín se los quedó mirando con su taza de té en la mano e hizo una pregunta que tenía tiempo rondándole la cabeza.

—¿Ustedes creen en dios?

Dago miró fugazmente a la maestra antes de responder.

—Todas las cosas, árboles, personas, piedras, peces, están conectadas. Forman parte del universo. Esa conexión armónica e inteligente, superior, pues, sería para nosotros lo que gente llama *dios*.

—Para ustedes no es el viejo barbudo que ve *pa'* abajo. Ya.

—Dios —mencionó Hu suspirando.

Martín aprovechó para lanzar otra pregunta. No quería estar en desventaja con todo el tema espiritual, pero esto le parecía lo verdaderamente importante.

—¿Cuándo vamos a pelear el *bróder* mayor y yo?

—Primero aprendan a vencer. Luego, *Wushu* —cortó la maestra.

Martín miró a *sifu* con una expresión entre cansada y perdida. La anciana hizo una larga pausa mientras bebía su té en ruidosos sorbos.

—Pelear, oír, mirar, tomar el té. La forma es lo importante. Aprender los puentes, romperlos, armar algo nuevo. El *Báihǔ Kyun.*

—Ya —«Lo de romper sí me quedó claro»—. Quedé en las mismas.

—¿Aun conociendo las técnicas-puente no se revela la Forma Suprema? —preguntó Dago, quien se servía una segunda taza del té tibio.

—El conocimiento no es solo en la cabeza. Es aquí —Hu se tocó el pecho con el índice, apuntando al corazón. Continuó bebiendo a sorbos, asintiendo, cuando sus ojos, que parecían apagados, cobraron un repentino brillo.

—Un maestro *de hung gar* debe ser persona y animal cuando ejecuta la técnica. Ser grulla y tigre y hombre o mujer. Lo dicho: eres lo que crees. He visto yerbateros que curan, porque creen en su poder.

—Moraleja: sigue creyendo que vas a ganarme, *bróder* mayor.

Dago soltó una carcajada.

—No sabes lo que dices, pequeño saltamontes.

Sifu cambió de postura. Entrelazó las manos y extendió los brazos. Estiró sus delgadas piernas como ramitas secas.

—¿Alguno de ustedes puede darle un masaje en los pies a esta noble anciana?

Martín y Dago se miraron para decidir a quién tocaba esta vez semejante penitencia.

XXXVIII

Han

El invierno en Caracas no era otra cosa que la época de lluvias con el mismo calor de treinta grados centígrados. Nubarrones grises cubrían el Parque del Este mientras las escuelas de kung-fu del patio norte hacían sus entrenamientos a la intemperie. Una fuerte brisa anunciaba tempestad. La gente se apresuraba a retirarse o a guarecerse bajo algún techo.

Al principio nadie notó su presencia, pero tenía rato viéndolos. Quizás fuera porque, en esa zona del parque, la mayoría vestía uniforme de artes marciales. O tal vez, y era lo más probable, porque era un tipo sigiloso. Para los dos maestros de *hung gar,* que dirigían los entrenamientos, fue como si hubiera salido de la nada. La tríada le había facilitado la descripción de los discípulos de Hu, y resultó fácil reconocerlos.

— *Nǐ hǎo, sifu.*

Los maestros mostraron un ligero sobresalto por la repentina aparición del hombre de verde. Las gotas de lluvia empezaron a caer dejando las primeras marcas de agua sobre los uniformes.

—Hola, ¿quién eres tú? —preguntó uno de los maestros, el mayor de los dos. «*Sifu* Reinaldo», pensó Han.

—Soy Han de Foshan. Vengo a retar a su discípulo por las técnicas-puente. «A quitárselas», se dijo sonriendo para sus adentros.

El otro *sifu* lo encaró destilando ira. «Y este es el *sifu* Aníbal».

—¡Si vienes a mi escuela a retarnos tienes que pelear conmigo primero! —*Sifu* Reinaldo tomó por el hombro a *sifu* Aníbal mientras este abría y cerraba los puños.

—He oído de ti, Han, Dragón de Foshan. Tu fama te precede. El que buscas no está aquí —dijo Rei.

—¿Dónde? —preguntó Han. Desvió la mirada hacia *sifu* Aníbal, con un esbozo de sonrisa.

—Lejos —dijo *Sifu* Reinaldo—. Ven otro día y lo arreglamos. Ahora, si eres tan amable, agradezco que te vayas.

—Ja, ja, ja, ja —Han se rio con estridencia—. ¡Claro!

Han se cuadró frente a los dos maestros. Su vestimenta apenas dejaba ver sus ojos rasgados. Iba todo de verde: uniforme de manga larga con capa, cinturón ancho, guantes y capucha. En cierto modo, infundía temor de solo verlo; un extranjero vestido como un monje mercenario.

El ataque fue simultáneo. Han se abalanzó sobre los maestros, y estos sobre él, colisionando dos viejos tigres contra el joven dragón. Los artistas marciales se enfrentaron en una lucha que no era de exhibición. Parecían tres animales salvajes disputándose el territorio, pero el joven impuso su fuerza y comenzó a hacerles daño a los maestros de *hung gar*. La lluvia arreció. Eloísa, J.J. y Pablo, que se habían mantenido al margen, intervinieron sin recriminación alguna por parte de Rei y Aníbal, ocupados en no dejarse abatir.

Meiling, que apareció corriendo bajo el chubasco, sumó un par de patadas al agresor desconocido. Han resistió la embestida, bloqueó con agilidad los ataques más peligrosos e incluso logró golpear con brutalidad a sus rivales. Sus ataques eran, al igual que sus ojos, despiadados.

—¡Allí! ¡Allí! —se oyó gritar a los guardaparques desde la parte techada de la explanada, arriba del patio, pues ya era evidente que no se trataba de un combate amistoso. La gente resguardada del aguacero se aglomeró para ver el inusual seis contra uno. Otros dos hombres de traje y corbata aceleraron el paso hacia el patio, intentando no resbalar en el piso mojado. Eran los escoltas de Meiling, y de eso Han también estaba advertido.

Sin perder noción de lo que acontecía alrededor de la pelea, Han comprendió que era el momento de marcharse. Luego de seis golpes de gracia se zafó de sus oponentes e inició la carrera por detrás del jabillo, atravesando veloz el césped que conducía a las bifurcaciones del parque.

Pablo y J.J. iniciaron la carrera tras él, pero la voz de Rei los detuvo.

—¡Vuelvan! Es peligroso.

—¿Quién es ese tipo? —preguntó Meiling con voz entrecortada. Los largos cabellos húmedos de la lluvia y el sudor cubrían su rostro. Los escoltas habían llegado a su lado.

—Es Han —contestó Rei—. Algunos lo llaman el Dragón de Foshan, un mercenario al servicio de los Guardianes.

—¿Es por lo que Dago y Martín se fueron?

—Son rencillas que vienen desde nuestros maestros en China, Meiling. Sigues siendo bienvenida a entrenar con nosotros, pero por ahora ninguno debe volver al parque, no es seguro.

Han estaba a punto de llegar a la salida cuando otro hombre intentó detenerlo con señas. «Estúpido», pensó sin intención de detenerse. Iba a llevárselo por el medio, pero el hombre no se movió. Antes de que fuera a arrollarlo, le gritó.

—¡Sé cómo encontrar al que buscas!

Han se detuvo a centímetros del hombre salpicando agua de los pozos que se formaban en la caminería, como un tren de carga que activa el freno de emergencia. Desde ahí pudo ver, a espaldas del hombre cara de rata, la camioneta negra de vidrios oscuros que lo esperaba, estacionada con el motor encendido y el limpiaparabrisas barriendo agua. La lluvia se volvió torrencial.

—Habla, me esperan —gruñó Han en un español forzado. Le echó un vistazo rápido. Detectó que el hombre, al igual que él, ocultaba armas. «Un cuchillo largo. Y tal vez una pistola».

—Soy Miky.

Han se acercó aún más, pero el hombre roedor no se intimidó.

—Persigo a un tipo que anda con el que tú buscas. Se fueron con una vieja.

—Ven —se limitó a responder Han.

Ambos avanzaron hasta la camioneta, sorteando charcos de lodo. Al abrirse la puerta trasera, el maestro Zhang los esperaba dentro.

XXXIX

El veneno del Rey Demonio

Practicaban bajo las primeras luces del alba el esquema *Tit sin kyun,* la última forma tradicional del *hung gar,* acompasado con sonoras exclamaciones que, según Hu, buscaban conectar los cinco elementos con los órganos internos. *Yin y yang,* decía la maestra. Cada movimiento debía lograr posturas fuertes como el acero y flexibles como el alambre.

—La respiración es la esencia del estilo —comentó Dago en postura del jinete.

«Qué pesado eres, *bróder*», pensó Martín mientras mantenía la misma postura.

—Eso ya lo sé, Dago.

—Es por tu bien. Si sigues entrenando así…

—¿Así cómo? —lo interrumpió Martín—. Yo tengo dos puentes, tipo, ¿o te olvidaste que estamos al mismo nivel? —Martín rompió la postura. Se plantó frente a Dago. Este lo imitó.

—¡Oh! ¡Pues demuéstralo, maestro roba carros!

Ambos se cuadraron, listos para el combate. La maestra, que los vigilaba a poca distancia, abrió los ojos desmesuradamente. Sostenía su vara de madera.

—¡Niños! ¡Basta!

—¿Sabe una cosa, *sifu*? —dijo Martín, mientras señalaba a Dago—. Este tipo es un falso y lo que me tiene es envidia.

—¡No seas ridículo! Que inmadurez —respondió Dago.

«Ridículo tú, que usas un reloj de Batman».

—¿Sabes qué? ¡Me largo! Ve a ver cómo resuelves lo de tu *Báihǔ Kyun* sin mí. —Martín se dio la vuelta en dirección a la casa. Dago se atravesó en su camino, encarándolo.

—Tú no vas para ningún lado.

—¡Dago! —gritó la maestra—. ¡Déjalo!

—¡Bravo! —Dijo Dago aplaudiendo. Se apartó sacudiendo la cabeza.

Martín lo ignoró. Siguió hasta internarse en la casa. Mientras se cambiaba de ropa, sacó un papel doblado de uno de los bolsillos de su morral. Lo abrió verificando el número telefónico que tenía anotado, y lo guardó dentro de su billetera. Caminó hasta el porche donde estaba estacionada su motocicleta. Apartó con el pie a Gou; el perro dormía a la sombra de la rueda.

La maestra lo miró con el ceño fruncido desde la distancia. Empuñaba su bastón de castigos.

—¡No te dejes vencer por los tres obstáculos y los cuatro demonios!

«Cuando me habla así da igual que lo haga en chino», pensó Martín mirándola de soslayo.

—¡Que no renuncies, hijo!

Martín no respondió. Se subió a la Suzuki dispuesto a no regresar. Encendió el motor sin mirar para atrás. Salió a toda velocidad de la pequeña finca, dejando una estela de polvo y humo en su camino.

XL

TANTRA

La camioneta blindada de vidrios polarizados aparcó frente a un conjunto residencial cerrado. Meiling tomó su bolso con prisa. Antes de abrir la puerta, se dirigió al conductor y al escolta, sentados en el puesto delantero.

—Voy a estudiar todo el día en casa de Leti. Me buscan en la noche, por favor.

—Señorita, esperaremos aquí el tiempo que sea necesario. Órdenes del embajador.

Meiling alzó las cejas, resopló, pero no dijo más. El escolta era un tipo testarudo, algo mayor, aunque en forma. Le hacía recordar vagamente a Jackie Chan, pero sin el buen humor. Se percató del vistoso anillo circular con el dibujo de un tigre rojo y negro que llevaba puesto en su dedo anular izquierdo. Le llamó la atención. No recordaba habérselo visto antes. Tomó el estuche de su cámara y se bajó del vehículo.

En la entrada del edificio la esperaba su amiga Leti, que la saludó con el brazo alzado. En la otra mano sostenía una delgada cadena ajustada al collar de un lanudo *poodle*. Vestía un sencillo conjunto de flores. El vigilante les abrió la puerta de acceso mientras el perro le brincaba encima a Meiling y se ponía en dos patas sobre su pantalón deportivo blanco.

—¡Hola, Fifí!, ¡hermoso!

—¿Estás segura de esto, Mei? —Leti la miró con los ojos entornados.

—Sí, Leti. ¿Cómo va tu nueva exposición? ¿Necesitas que te haga las fotos?

—No me cambies el tema.

—Luego te cuento. De verdad.

«Al menos una parte», pensó Meiling

Caminaron por el pasillo comunicante de las dos altas torres residenciales, un corredor parcialmente techado con jardineras grises a cada lado y caminería empedrada. Siguieron hasta el portón del estacionamiento en la parte posterior. La salida daba a una calle poco concurrida. Se despidió de Leti guiñándole un ojo, cerró la reja tras de sí y enseguida lo vio de pie tras la moto estacionada.

—Creí que tu padre te había encadenado a la cama —dijo Martín sonriente.

Martín iba de pantalón deportivo negro y camiseta blanca ajustada que le resaltaba los músculos definidos del torso y los brazos. Ella llevaba los colores justo a la inversa, pantalón blanco y camiseta negra ceñida, con el estuche de la cámara cruzado, cayendo a la altura de la cadera.

—Y yo pensé que a estas alturas estarías convertido en Bruce Lee o en un monje tibetano.

—Sube, reina —la invitó Martín ladeando la cabeza. Se puso un casco negro con la visera levantada y le extendió uno blanco, más pequeño.

—No me llames reina o me devuelvo.

—Sube, amiga.

Meiling vaciló un instante, sacó la Canon y le tomó una foto. Luego atravesó la calle. Martín se montó. Encendió el motor, que hizo un ruido ronco.

—¿Estás asustada? —preguntó mientras ella se colocaba el casco y se subía tras él.

—¡Sí, qué miedo! —respondió soltando una carcajada.

—Esta es la parte en que me abrazas.

Enfilaron desde Los Palos Grandes hacia las calles aledañas de Altamira, de casas grandes y lujosas quintas y, en pocos minutos, llegaron a la entrada de Sabas Nieves y su caminería para subir al parque nacional El Ávila. Martín aseguró la motocicleta trancando la rueda delantera con un candado, y se la confió por un par de billetes a los cuidadores apostados en la calle.

Se adentraron en el ancho camino de tierra roja, compacta, con sus cartelones de madera tallada que daban la bienvenida a los visitantes. El preludio a la empinada cuesta, bordeada de árboles que conducía al puesto de guardaparques, a mil trescientos metros de altura. Subieron las primeras cuestas curvilíneas con el sol de frente, respirando el aire puro de la montaña.

Ese mediodía de lunes no había mucha presencia de caminantes paseando ni ejercitándose. Avanzaron hasta el primer rellano, en un recodo donde un tronco sobre bases de madera hacía las veces de banco. Desde allí tenían una panorámica parcial de Caracas. Meiling aprovechó para tomar fotos de la ciudad, vista desde la montaña: gris concreto, rojo bloque, verde hoja. Luego enfocó el rostro moreno de Martín. «Rudo y atractivo», pensó. Presionó el disparador tres veces. Bajó la cámara y lo tomó de la mano.

—¿Te vas a dedicar a ser fotógrafa? —preguntó él. La miró primero a los ojos y luego a la boca.

—En parte. Este año por fin me gradúo de Comunicadora Social. Estoy haciendo la tesis. Antes empecé la carrera de Estudios Internacionales por presión de mi papá, pero a los dos semestres me cambié.

—Yo quería ser boxeador y terminé de taxista en mi moto —dijo Martín desviando la mirada. Ella se le acercó aún más para que le prestara atención.

—Hay un tipo que los persigue, Martín. Parece un mercenario. Nadie en el parque pudo con él, y luego tus maestros vienen y me cuentan toda esta historia rara sobre unas formas secretas…

—No me va a pasar nada, Mei. Tenías que ver a la tigra voladora y al gorila de dos metros que noqueé en su propio terreno. Y ya viste cómo te saqué del barrio.

—Y también vi cómo murió Boris…

—Mei.

«Cómo lo asesinaron a tiros los de tu banda, en eso Dago no se equivoca», pensó, pero no se lo dijo. Hizo una breve pausa para tomar aire, como si el recuerdo de Boris la hubiera enfurecido de repente. Le soltó la mano.

—¿Por qué viniste a buscarme?

—No dejo de pensar en ti, Mei. Necesitaba salir de ese encierro. La vieja es una torturadora y Dago un imbécil. Casi no duermo. Cuando lo hago, tengo pesadillas…

Ella lo interrumpió pasando un dedo por la cicatriz en su mejilla. Besó la cicatriz, despacio, luego sus labios. Él arrugó la frente. Cuando parecía que le iba a decir algo, tomó la iniciativa y le devolvió el beso.

«No está mal», pensó Meiling, y se mordió el labio inferior. Martín sonrió.

—¿Qué? —preguntó ella.

—Nada, me gusta el piercing en tu nariz.

—Tengo otros…

Martín le apretó la mano y la invitó a andar. La condujo hacia un sendero empinado fuera de la caminería, detrás de unos árboles altos de hojas amarillo-verdosas.

—No deberíamos ir por aquí. Si nos ve algún guardaparques…

Martín no le respondió, siguió guiándola mientras se adentraba en el desvío esquivando ramas.

—Estás loco, nos vamos a perder.

La recostó en un árbol de tronco firme. La besó en la boca, abrazando su cintura, aferrándola a él. Se recorrieron con las manos, sin prisa, como si jugaran a fluir con las fuerzas duales del *yin y yang*. Al deslizar las tiras de la blusa de Meiling con sus manos ásperas, desde los hombros hacia los brazos, Martín descubrió sus senos blancos, firmes y pequeños. Rozó los *piercings* de cada pezón erguido, bajó la cabeza e inició el recorrido por su cuerpo.

Se acoplaron en una danza de dragón y tigre: dos formas antagónicas entrelazadas en un abrazo. La ropa resbaló desde la cadera hasta los tobillos. La tela de las bragas se recogió como la marea, permitiendo a Martín explorar la tibia humedad de la entrepierna de Meiling.

Hubo vuelta del dragón con movimientos acompasados, zarpazos de tigre subiendo extremidades y cuestas, dientes de mujer hincados en la clavícula del hombre que montaba a horcajadas. De ella surgió un largo gemido con ecos del mítico animal que escupe fuego y alza el vuelo.

Cuando el abrazo cedió, la mirada perdida se transfiguró en la expresión de quienes sobreviven a un combate y ven al mundo con ojos nuevos.

—¿Siempre eres así? —jadeó Meiling mientras se arreglaba el pelo con una cola.

—¿Así cómo?

«Tan cachondo».

—Tan intenso en todo, no sé.

Martín la tomó por la cintura y la atrajo hacia sí.

—Me gustas mucho, carajita.

Acercó su boca, pero ella desvió la suya dejándose besar en la mejilla. Martín se apartó contrariado.

—Martín, tú también me agradas, es obvio. Lo que acaba de pasar es increíble, pero esto no va para ningún lado.

—A mí me parece que va perfecto.

—Hablo en serio. Mi padre nunca lo aprobaría. Y yo no quiero más problemas ni con él ni con Dago.

—¡¿Qué tiene que ver Dago con esto?! —alzó la voz Martín, apartándose.

—Dago es mi amigo. No quiero causar problemas entre ustedes. ¿Crees que no lo noto? —Meiling lo tomó de la mano, le ardía—. Lo lamento, no quiero que pienses mal de mí. Pero lo mejor es que vuelvas con ellos. Entiéndelo.

—Es más fácil aprender cien movimientos de *kung-fu* que entenderte —Martín negó varias veces con la cabeza. Finalmente empezó a caminar de vuelta al sendero—. Mejor vámonos. Te llevo a casa de tu amiga.

Le soltó la mano y se adelantó por el sendero. Meiling notó que revisaba sus bolsillos sin encontrar lo que buscaba.

—Mierda, necesito un cigarrillo —dijo Martín apresurando el paso.

XLI

Hierro forjado

«*¡Miu fa kyun!, ¡Fu hok seung ying kyun!, ¡tid sin kyun!*». Dago pasó todo el día entrenando. Practicaba sus esquemas base de *hung gar* sin detenerse. Había oscurecido, ni siquiera almorzó. A más dolor, más fuerza les imprimía a sus movimientos.

«¡Martín, cabrón! ¡Se marchó con dos técnicas puente!». Cogió su termo de agua y lo bebió de un tirón. Decidió hacer una pausa con intención de seguir luego, a pesar de la escasa iluminación del patio. Lo fastidiaba lo de las técnicas-puente, tendría que buscarlo por toda Caracas y retarlo, pero había otra cosa que lo irritaba más.

—Seguro se fue a buscar a Meiling. ¡Cabrones los dos! —masculló.

Alzó los brazos, inspiró aire y expulsó con fuerza al bajarlos. Era el saludo de cierre de esquemas. De pronto, oyó un ruido. Captó un movimiento en dirección a los árboles de la finca colindantes con el patio. Estaba oscuro, pero allí había algo. O alguien.

Tanteó por el piso hasta dar con el machete sin filo de entrenamiento. Sigiloso, bordeó los naranjos y limoneros, hasta adentrarse en la yerba alta. Una luz roja titilaba. Una segunda figura, una cosa, agitaba la yerba. Tomó el machete con las dos manos, a modo de sable. Se acercó.

—¿Maestra? —dijo entornando los ojos con el propósito de ver mejor.

Sifu Hu se encontraba recostada en un árbol plantado en un pequeño claro de tierra rodeado por los sembradíos de la finca. Una espiral de humo salía de la lucecita roja cercana a su cara. El perro Gou daba vueltas en los alrededores, retorciéndose en la grama.

—¡¿Un cigarrillo, maestra?!

—¡Ya, ya, ya! ¿Vas a matarme con sable?

—Pero…

Hu negó con la cabeza. Lo miró de arriba abajo. Se detuvo en sus ojos, arrugando la frente. Resopló exhalando el humo del cigarrillo.

—Olvídala.

—¿Cómo sabe…? Es bruja, por supuesto.

—Jijjijijijiji.

—*Sifu*, necesito que me aclare dudas, estoy confundido.

—Confundido estás.

—Sí, bueno…

Hu arrojó el cigarrillo al suelo de tierra junto al árbol. Aplastó la colilla con sus zapatillas negras. Gou ladró.

—*Sifu*, yo…

—Expulsa los tres venenos de ti. Obstruyen tu camino. Pierdes equilibrio.

—¿Cómo se supone que me equilibre? Tengo años entrenando ¡años! Y justo cuando estoy más cerca de la meta, todo se complica. No por mi culpa.

—Los tres venenos están adentro, no afuera: odio, codicia, estupidez. Odio a Martín, codicia del *Báihǔ Kyun*, estupidez por la chica. Arranca la flecha de tu corazón primero.

—Martín no merece que lo odie. Pero no puede negar que es un coñazo, un abusivo. En cuanto a Meiling, bueno, es complicado… ¿Alguna vez amó a alguien, maestra?

—Hubo alguien, sí. En Japón, luego de huir del templo del sur de China. Él casado y yo joven. Ninguno luchó. Luego hui de nuevo, sin él.

—Lo siento.

—¡Puf!

Los ojos de Dago se habían adaptado a la oscuridad. Podía distinguir las facciones de la maestra. A pesar de su pretendida indiferencia, atisbó un caudal de tristeza.

—*Sifu,* ¿Por qué no descifró usted el *Báihǔ Kyun*?

—Mi *sensei* en Japón decía: «enciende una antorcha para iluminar a otros y también alumbrarás tu camino». Mi misión es la ofrenda. Mostrarles el camino es iluminarme yo. Un ciego no puede guiar a otro ciego.

—Entiendo.

—¡Entiendo, entiendo, entiendo! ¡No entiendes nada! ¡No sirve! Corren rápido, pero sin saber hacia dónde van. Vieja Hu los guiará en el tramo final del camino. Quien escala una montaña tendrá que descender.

—¡Claro que entiendo, *sifu*! Olvido a la chica, busco a Martín debajo de las piedras y que gane el mejor.

—Hay un enemigo poderoso al que debes vencer primero. Uno solo demuestra verdadera fortaleza cuando vence a un enemigo poderoso.

—¡*Sifu* Zhang!

—¡Tú!

—¿Yo? —Dago se rascó la cabeza. El agotamiento, el hambre y los circunloquios de la maestra lo descolocaron. Se mareó levemente. Suspiró.

—Tú. No hay vida sin dificultad. El *sensei,* del *sensei* de mi *sensei,* dijo: «el hierro se convierte en magnífica espada cuando es sometido al fuego y a los golpes».

—Pues entonces debo partir ya, encontrar a Martín y molernos a golpes. Gracias *sifu.* —Dago se despidió con el saludo del puño de *hung gar* y dio media vuelta. Antes de empezar a caminar la voz de Hu lo retuvo.

—Martín volverá. Es un tigre al igual que tú.

Dago se volvió de nuevo. Se acercó a la vieja maestra, desconcertado y un poco ofendido.

—¿Cree que él y yo somos iguales?

—Ser iguales no significa ser lo mismo.

—¿Palabras de su *sensei*?

—No. Eso vieja Hu lo aprendió de ustedes. Ve a la casa a comer y luego descansa. Mañana vamos a orar juntos. Tus dudas serán respondidas.

Dago reemprendió el camino de regreso al interior de la casa. En el trayecto, oyó otro ruido, uno que sí reconoció. El sonido de una motocicleta aproximándose.

XLII

EL COLECTIVO

La vieja Ju o bruja china era conocida por la venta de sus infusiones medicinales y la compra habitual de yerbas en el mercado popular del Tuy. Pero ese domingo los habituales del mercado se percataron de que no acudió ella. Envió a uno de los hombres que ahora la ayudaban en su finca. Era parte del castigo a Martín por haberse marchado el día anterior. «Nunca mates una mosca en la cabeza de un tigre», le aconsejó Hu al volver de noche, con mirada fulminante.

Lo hizo pagar penitencia desde temprano, antes de mandarlo al mercado. Mientras Dago practicaba sus esquemas aparte, Martín pasó una hora golpeando el muñeco de madera sin descanso. Sus brazos, dedos y piernas estaban doloridos e hinchados, pero igual, no se quejaba. La madera se resentía por el peso de su rabia. Hu lo corregía a gritos, aunque algo en su tono hacía evidente la satisfacción por su regreso.

«Sabe que tengo *flow*», se decía Martín.

Los discípulos de Hu no se habían vuelto a dirigir la palabra. «Yo lo que quiero es acabar con esto», se había dicho a sí mismo Martín, luego de haber dejado a Mei en casa de su amiga. «Esa jeva está loca, sacarme al puto Dago después de lo que hicimos juntos. Y con lo que me gusta».

A veces le daban ganas de que Dago se quedara con sus formas e irse, pero en el fondo las quería para él. Una necesidad extraña lo embargó desde que aprendió sus dos puentes. La verdad era que aquí se sentía especial y se acercaba el momento de medirse con Dago. De matar esa culebra. Si algo había aprendido con los Pegadores, era que, tarde o temprano, las deudas se cobran.

En la finca habían aprendido a sembrar, a degollar gallinas, prepararlas y comerlas; a sincronizar sus esquemas con el *chi*. A fortalecer su cuerpo y su mente como un todo. Ni cuando boxeaba con el Brujo, que fue campeón estatal, se sintió tan poderoso.

—Dago. Allá. Golpea ese árbol. Tú. Sigue con el muñeco *jong*.

Sifu los guiaba y, de cuando en cuando, les explicaba cosas que a Martín le costaba entender.

—El flujo del *chi* debe zigzaguear en su cuerpo como serpiente. *Chi* en línea recta es violento, difícil de controlar. Como ustedes dos.

Entrenaban desde la madrugada. El campo despertó con ellos. La naciente claridad se acompasaba con el trinar de los pájaros. El negro de la vegetación extensa se teñía de verde con el leve toque de los primeros rayos del sol. El olor a hierba surcaba la finca mientras el continuo eco del golpetear de los hombres prevalecía sobre los otros sonidos. La recortada figura a contraluz de la anciana los señaló con su largo bastón de combate.

—Por sus maestros y los maestros de sus maestros, ¡usen sus técnicas y golpeen como maestros *hung*!

Fue como si Hu le hubiera insuflado energía al cuerpo de sus discípulos. Dago alternó la técnica de los meteoros que caen con la del puño de hierro y Martín, la patada sin sombra con las diez manos asesinas. Golpes como detonaciones secas retumbaron en el valle y, en segundos, estalló en pedazos el muñeco de madera, mientras de la copa del árbol de Dago crujieron, violentas, decenas de ramas que cayeron al piso.

—¡Sí sirve! ¡Sí sirve! —gritó Hu desaforada, dando saltitos y aplaudiendo.

Pero esa celebración no exoneraría a Martín de ir al mercado a vender brebajes y hacer las compras. El pueblo, como lo llamaba *sifu,* ya no era tal; se había convertido en un barrio peligroso, incluido el mercado. Martín entregaba los últimos frascos medicinales vendidos cuando divisó al Buitre y a su escolta colectando «la causa» en uno de los negocios de venta de vegetales y frutas; el pago a cambio de «protección» del Colectivo.

—¡Viva la revolución! —gritó el Buitre antes de subirse a su rústico Jeep descapotado.

—Que viva… —respondieron desde algunos locales sin mucho ánimo.

Martín se vio tentado a comprar cigarrillos, tenía semanas sin fumar, pero descartó la idea. Para su sorpresa, no le hacía falta. Tomó el dinero de la venta, la bolsa con yerbas, y enfiló con rapidez hacia su moto. En cuestión de minutos, logró darle alcance al abollado y sucio Jeep, siguiéndolo a una distancia prudencial.

Tomó la misma carretera vieja y polvorienta que daba a la finca de Hu, pero se desvió mucho antes hacia un estrecho camino de tierra bordeado de árboles, a la derecha de la vía. Martín, oculto en su moto entre la espesa vegetación, los vio detenerse ante un portón verde custodiado, que se abrió para darle paso al rústico vehículo del Buitre y cerrarse de golpe.

El resto de la propiedad estaba cercado, poco visible por el alto pasto y los árboles. Prestó atención. Oyó el ladrido de los perros. Estudió el perímetro, el cercado, la extensión. Se retiró en su motocicleta antes de que pudiera ser descubierto.

Al retomar la vía principal, leyó de nuevo el sobresaliente letrero amarillo y rojo en la boca del desvío:

«TERRENO EXPROPIADO POR LA REVOLUCIÓN».

En ese momento, se le ocurrió una idea.

XLIII

EL LLAMADO

Dago y *sifu* meditaban cuando Martín regresó del mercado. Lo adivinó por el olor a incienso que llegaba hasta el umbral de la puerta. Luego escuchó el cántico que repetían sin cesar: *nam miojo rengue kio, nam miojo rengue kio, nam miojo rengue kio...*

Martín entró en la cocina y caminó hasta la salita. Vio la espalda enjuta de la maestra, contrastaba con la anchura de Dago. Ambos estaban de rodillas, las palmas de las manos juntas y la mirada fija en el *butsudan,* la pequeña capilla budista en forma de armario. Hu, sin darse vuelta, le señaló con el índice que se sentara a su izquierda, y así quedar ella entre ambos discípulos.

«Debe de tener un tercer ojo en la nuca», pensó Martín mientras se quitaba los zapatos deportivos. Los colocó en una esquina, junto a unas diminutas chanclas y unas zapatillas de tela negra.

Dago volteó un instante e, inexpresivo, volvió la mirada hacia el pergamino iluminado por velas encendidas que representaban el elemento fuego. Junto a las velas había dispuesta una campana de metal, un cuenco de agua y flores naturales. Hu interrumpió el recitar de su oración. Dago la imitó.

—Un maestro siempre observa —dijo la anciana como si respondiera a la pregunta no formulada de Martín, quien se unió al mantra que reanudó la maestra.

Luego de varios minutos de repetir el monótono cántico, la mente de Martín voló haciendo un recorrido de sus cambios en casi dos años, desde que fue linchado por los Pegadores. La maestra, sin apartar la mirada al frente, finalizó la oración tocando tres veces la campana de metal.

—Sincronicen microcosmos del cuerpo con macrocosmos *chi*. Vacíen su cabeza. El recipiente se llena si está vacío. Háganse la pregunta: ¿quién soy yo? Sus dudas serán aclaradas.

Ambos discípulos cerraron los ojos. Inhalaron y exhalaron profundamente, intentando dejar la mente en blanco. Meditaron en silencio. Transcurrieron los minutos, nada pasó. No se escuchaba el menor ruido, apenas el silbido distante de las chicharras. En la estancia predominaba el aromático perfume a sándalo del incienso.

Lo primero que Dago visualizó fue a sí mismo en el parque como discípulo de dos grandes maestros, y a la vez como hermano mayor de un selecto grupo de artistas marciales, herederos directos del linaje del *hung gar*. Luego se oyó a sí mismo afirmar: «Ya no soy un discípulo, un hermano mayor. Soy un maestro». Voló lejos, como entrando en un sueño. Se vio en la cima de una montaña nevada. Un enorme tigre blanco, tan grande como un prehistórico Dientes de sable, corrió hacia él. La bestia lo engulló, se fusionó con su cuerpo. Ahora era humano y animal a la vez. Veía las presas a una distancia imposible, olía su sangre, sentía el hielo que se derretía bajo el peso de sus poderosas garras.

«Soy el Tigre Blanco».

Martín, en cambio, al hacerse la pregunta, lo primero que vio en su mente fue una versión suya, pero distinta, casi lejana. Vio al pegador Mustang que se aproximaba, un boxeador aficionado que formaba parte de una banda de ladrones de carros. Luego, la oscuridad.

Tal vez se había dormido, agotado como estaba, pero ya no sintió que estuviera arrodillado frente a un altar. Flotaba. Subía ligero como un globo. De pronto cayó al vacío, como si lo hubieran pinchado. Se golpeaba con rocas, vapuleado en su caída. Y como quien se recupera de una resaca, pudo entender dónde se encontraba: era Mustang, arrojado a un barranco por los hombres del Perro, luego de un coliseo a muerte…

Desea abrir los ojos, pero sus párpados son yunques. Le falta el aire. Se siente como estar bajo el techo de hielo de un lago congelado. «¡Auxilio!». Del intento de grito lo que sale es un balbuceo incoherente. Se desvanece. El sabor metálico de la sangre en su boca le hace caer en la cuenta de que esos son sus últimos minutos de vida. Expulsa el aire que le queda, resignado, como si un hachazo le hubiera atravesado los pulmones. Pierde la noción de espacio y tiempo.

«Per…, dió…, pul…, so», alcanza a oír mientras tiene la impresión de que lo mueven. Es confuso. Oye el ruido apagado de una sirena. Incapaz de resistir más, se deja ir hundiéndose en el abismo de un mar sin fondo. Cuando su respiración se detiene, percibe un destello de luz seguido de la oscuridad total. «Morí».

Pasa un año o un segundo cuando oye la voz.

«¡To..., da..., vía noooo!».

«¡Todavía no!».

Toca el fondo del lago, la corriente lo impulsa hacia arriba y revienta el techo de hielo recibiendo el golpe frío de la brisa. El aire que regresa a sus pulmones. Por fin, sin esfuerzo, identifica la voz fantasmal que lo devuelve a la vida. La voz de la anciana. Cambia la temperatura, lo invade un calor abrasador en el pecho y sus ojos se abren con ardor, como si llevara agua de mar en ellos. Ve otros ojos encima de él, un rostro cubierto con una mascarilla, un gorro azul pálido. Vuelve a hundirse en la oscuridad.

Ahora está fuera de su cuerpo, flotando de nuevo. Debajo se ve a sí mismo dormido frente al altar de Hu. Dago lo está batiendo, intentando hacer que reaccione. Sifu se interpone y lo detiene.

—¡Todavía no! ¡Todavía no! —gritó Hu, pero ya era tarde. Salió del trance abruptamente, inhalando profundo por la boca. Perdió el equilibrio y cayó hacia atrás. Se golpeó la cabeza.

—Estoy… bien —reaccionó Martín embotado, confuso. No estaba herido. La conciencia se le agolpó de repente. Recordó quien era y dónde estaba. Era Martín, pero también Mustang, nunca dejó de serlo. Eso lo reconcilió consigo mismo.

XLIV

ACECHO

Al apenas salir del cine, Eloísa, J.J. y Pablo bajaron las escaleras mecánicas desde el último piso del Centro Comercial Líder. Aún llevaban encima el frío de la sala. Eloísa estiraba las mangas de su suéter de franjas negras y blancas, procurando cubrir sus manos.

—¿Qué les pareció *Ip Man*? A mí me encantó.

—Eloísa, a ti te gusta todo lo que sea patada y coñazo —le respondió J.J.—. ¿Te vas a cambiar al *wing chun*?

—¡Ya va, supersabio!, ¿no te pareció una peli bestial? —intervino Pablo con un vaso de Coca-Cola en una mano y sosteniendo la otra al pasamanos de la escalera.

J.J. se aclaró la garganta y alzó una ceja mirándolos a ambos. Luego sonrió.

—Primera vez que los veo estando de acuerdo en algo —Pablo casi derramó el refresco en las escaleras. Se puso rojo. Permeó un silencio incómodo que el propio J.J. rompió.

—Hablando en serio, es la mejor película de artes marciales que he visto. La producción impecable y las escenas de acción, brutales.

—Ni más ni menos, muchacho. —dijo Eloísa con cara de alivio, alisando hacia arriba los pinchos azules de su cresta.

Cuatro niveles más abajo, en la planta baja, tomaron un ascensor hasta el sótano número tres. Eran las nueve de la noche, las tiendas del centro comercial se encontraban cerradas. Llegaron al estacionamiento. Caminaron oyendo el eco de sus pasos hasta el Renault Twingo que el hermano mayor de J.J. le solía prestar los viernes. En ese nivel del sótano, solo vieron a un hombre que hablaba distraído por el celular junto a un Chrysler Neón verde.

«Caracas de noche es una ciudad fantasma», pensó Eloísa contando con que J.J. la dejara de primera en su casa.

Al acercarse al Twingo, el tipo junto al Chrysler golpeó dos veces el techo del vehículo. De inmediato, salieron dos hombres armados con pistolas que se interpusieron en el camino. El hombre que simulaba hablar guardó el teléfono. Con pasmosa rapidez, sacó de una funda de cuero, que llevaba oculta bajo su chaqueta de jean, un cuchillo de caza dentado.

—Tranquilo, chamo, llévate lo que necesites —dijo J.J., empujando hacia atrás con cada brazo a Pablo y a Eloísa.

—¡Ja! ¿Tú eres gafo, becerro? Yo vine fue a que me eches un cuentico.

—¿Quién eres tú? —preguntó Eloísa, intentado pasar la barrera en que se había convertido el brazo rígido de J.J.

—Soy el diablo, perra. Aquí las preguntas las hago yo. ¿Dónde está su amigo el Mustang? Y el otro, al que llaman Dago.

Eloísa pasó por debajo del brazo de J.J., desbaratando la cresta de su cabello, y encaró al hombre que, aunque delgado, la doblaba en tamaño. Sus hermanos *hung* no pudieron contenerla.

—Chamo, estás equivocado —dijo señalándolo—. Nosotros no sabemos... ¡Agggghhhhh! —No pudo culminar la frase. El hombre la atacó en un intento de marcarle la cara, pero los reflejos de Eloísa anticiparon la embestida en fracciones de segundo. La filosa hoja de metal se hundió en su antebrazo derecho, saliendo de su piel como un latigazo. Se tapó la herida con su mano izquierda y cayó arrodillada al piso. Su mano y su brazo se tiñeron de rojo oscuro. La sangre salió a borbotones.

—¡Mierda, mierda, me duele! —gritó.

—¡Qué le hiciste, maldito! —chilló Pablo, pero calló al ver que el hombre del cuchillo se acercaba apuntándolo al cuello. Los ojos le brillaban. Sacaba la punta de la lengua para pasársela por los labios como si los tuviera resecos. Los otros miraban en todas direcciones, cantando la zona.

J.J. se tumbó junto a Eloísa. Le rasgó la manga del suéter, dejando la herida al descubierto, se quitó la camisa y la usó para cubrir la hemorragia, haciendo presión con ambas manos, asegurándola con un nudo. El hombre del cuchillo alzó la voz.

—Repito para los que quieran vivir: ¿dónde está su amigo al que llaman Dago? ¿Y el otro, mi pana el Mustang?

—¡No lo sabemos! —contestó Pablo asustado—. ¡Están en los Valles del Tuy, pero no sabemos el sitio exacto!

—Aaaaah…

El hombre limpió ambas caras del cuchillo con la tela de su pantalón, a la altura del muslo derecho. Sonrió.

—Te creo, niño. Tú —dijo dirigiéndose a uno de los suyos, un hombre de baja estatura, de ojos claros, con la cara picada de viruela—, llama al chino al número que dejó y dile que sabemos dónde encontrar a las joyas.

—Copiado, jefe —respondió el carapicada sacando un teléfono de su bolsillo. Entraron apurados en el Chrysler encendido. Al cerrar las puertas, aceleraron por la oscura estrechez del estacionamiento, dejando un eco de motor amplificado. Eloísa vio borrosa la huida. Pablo y J.J. la ayudaron a sentarse en el asiento trasero del Twingo. Se mancharon de sangre, lo mismo que el asiento del carro.

—Lo…, lo siento.

—¡Shhh! Quédate tranquila —le dijo J.J. mientras se pasaba al asiento del conductor.

—¡Esos eran los Pegadores de Martín! —dijo Pablo sentado a su lado.

—¡Me duele mucho!

—Te voy a llevar a una clínica —le dijo J.J. mirándola por el retrovisor.

Se marcharon a toda velocidad y Eloísa, a pesar del mareo, se dio cuenta de que J.J. buscaba una salida en dirección contraria a la que habían tomado los Pegadores.

—Mi enfermero favorito —dijo mirando a J.J., y se echó a llorar en el hombro de Pablo.

XLV

FUEGO

—¡Mustang! ¡Huye, Mustang, es una trampa! —grita el Brujo.

¿Quién los había vendido? Se suponía que era un negocio seguro, no muy lejos del barrio. El Perro y el Miky lo habían cuadrado todo, era algo entre luceros... Pero eso ahora no importa, solo correr. Mustang corre con los policías a su espalda, mientras el Brujo y tres de los Pegadores son esposados y metidos a empujones en la patrulla. Los policías se reparten el dinero. Mustang corre como caballo al galope por los callejones, trepando muros y techos, oyendo tiros al aire y gritos que lo persiguen, pero que no lo alcanzan.

Quiere llegar donde el Perro y contarle, hermano, cayó el Brujo. Agarraron a tu sangre, se lo llevaron. Hay que reorganizar la banda, buscarle un puto abogado. Pero, a pesar de la carrera, del cansancio, de los nervios, Mustang sabe cuál *será su respuesta. No se lamentará en lo más mínimo. «Ahora mando yo», le dirá.*

Llega a la guarida con el pecho que se le revienta, le grita a los Pegadores, les vomita lo que pasó. Les arroja que pudo ser alguien de la banda quien echó el pajazo. El Miky le dice que no sea güevón, que esos fueron los de la banda nueva, los Invisibles, que hay que joderlos.

—¿Y ahora? —le pregunta Mustang al Perro.

—Ahora mando yo —le responde.

Martín despertó de golpe. Era medianoche. Se levantó de la colchoneta con cuidado de no hacer ruido. La maestra dormía en su cuarto, pero Martín no estaba tan lejos. Al salir, llevó la motocicleta por la pendiente sin prenderla, hasta llegar a la carretera.

Mientras se escapaba de nuevo, procurando no ser visto, Martín tuvo la certeza de que era tan importante culminar el entrenamiento como lo que estaba a punto de hacer. Ya no albergaba dudas en su actuar. No se trataba de dejar de ser Mustang para ser Martín: él era ambos.

Se detuvo en el desvío de tierra que conducía a la hacienda invadida por el Colectivo. Apagó el motor de la moto, se bajó con cautela y la llevó empujada, atento a cualquier ruido. Observó a la distancia el portón verde. La ocultó a un costado del camino, tapada con la vegetación crecida. Iba vestido de negro, las manos enfundadas en guantes de cuero con la mitad de los dedos al descubierto, el suéter por encima de la camiseta con la capucha calada. En la frente, y debajo de los ojos, franjas de grasa negra como parches rectangulares. Llevaba cubiertas la nariz y la boca con una bandana de tela amarrada a la nuca.

Desamarró de la motocicleta dos bidones naranja llenos de gasolina. Se aproximó al cercado, pasando a través de árboles y monte. Oyó algunas voces. Buscó alejarse de ellas para ingresar por el lado menos vigilado. Abrió uno de los bidones y fue bañando la grama seca a su paso.

Halló un punto ciego. Algunos árboles de mango se alzaban cerca de una franja de alambrada, restándole visibilidad a los vigilantes. Era suficiente. A fin de cuentas, a nadie en su sano juicio se le ocurriría irrumpir en la guarida del Colectivo Revolucionario Piedra Viva, el más grande de la zona del Tuy; los pranes del valle. Trepó la cerca de alambre cubriendo las púas del tope con una manta de lana con la que Hu tapaba su gallinero en los días de lluvia. Arrojó el bidón cerrado. De un brinco estuvo del otro lado.

Sin perder tiempo, continuó rociando la grama, ahora del lado de adentro de la hacienda. «Me gusta el olor de la gasolina», murmuró. Notó su pulso acelerado en el puño que sostenía el envase. Sigiloso, se acercó a dos vehículos todoterreno descapotados que contrastaban con los autos blindados más cerca de la amurallada casona. Una mansión desalojada e invadida por el Colectivo. Cada vez que le preguntaba a *sifu* por el tema lo cortaba tajante: «No importa. No estamos aquí para eso».

Abrió las tapas de rosca para el llenado de combustible de los autos todoterreno. Introdujo trapos largos en cada uno, empapados de gasolina a modo de largos mecheros. Sacó el yesquero de su bolsillo, un Zippo metalizado con un puño en llamas, idéntico a su tatuaje del hombro izquierdo. Levantó la tapa, que sonó con un leve chasquido, rodó la rosca con el pulgar, y lo encendió al primer intento. La pequeña flama bailó ante él como una luciérnaga.

—Aquí va el pago de mi vacuna —dijo encendiendo los mecheros.

Oyó voces y el ruido de botas pisando la grama. Los perros empezaron a ladrar. Acercó la llama del Zippo al suelo y prendió los charcos zigzagueantes de gasolina que había regado a lo largo de varios metros. Corrió mientras la yerba y las hojas secas ardían con rapidez iluminando la noche.

Las voces gritaban a su espalda. Aceleró en su huida, volviendo a saltar raudo el cercado. Cayó hecho un ovillo fuera de la propiedad, rebotó como un resorte y reanudó la carrera. El fuego, el humo y los gritos amenazaban con alcanzarlo. Le escocían los ojos. La garganta seca era herrumbre y ceniza.

Levantó la moto y la rodó hacia el camino de tierra. La prendió haciendo rugir el motor. Oyó disparos. La ola de calor de una explosión atronadora lo sacudió. Más gritos y otra explosión del segundo vehículo. Las llamas andaban por doquier en un repentino eclipse de fuego y humo. Echó un último vistazo. Vio a los pranes correr frenéticos, como hormigas a quienes les destrozan el hormiguero. Emprendió la fuga. Bajo la bandana, una leve sonrisa se dibujó en su rostro, manchado de grasa corrida.

XLVI

LAS CUATRO TÉCNICAS-PUENTE

Esa madrugada no habría entrenamiento. Sin previo aviso, *sifu* les pidió que se ubicaran uno frente al otro en el centro del patio. El amanecer estaba cerca, pero el manto de oscuridad prevalecía en un cielo cerrado con nubes de tormenta. Apenas un tenue gris se insinuaba en el contorno de los cúmulos. Por momentos la brisa les hacía llegar un distante olor a humo, que bien podía ser de alguna quema de basura o de monte. Hu intuyó que Martín sabía de dónde provenía. Lo había sentido escaparse en la noche.

—No más práctica. Es hora. Posición de combate. El *chi* sea uno con ustedes —dijo Hu, apartándose. Notó en sus discípulos una sonrisa de excitación y nervio. Se saludaron entre ellos, esperando su señal.

—No creas que tendré consideración. Retírate ahora o pedirás perdón —dijo Dago.

—Pediré perdón en tu velorio. Meiling y yo te llevaremos flores —respondió Martín.

—¡Peleen! —gritó Hu. Los hombres permanecieron inmóviles como estatuas, con la guardia arriba.

Dago avanzó primero y, en cuestión de segundos, inició una pelea a muerte. Los ataques largos de Dago eran repelidos con contragolpes de Martín, quien alternaba técnicas de *hung gar* con ganchos y rectas de boxeo. Se golpeaban con fuerza, pero ninguno se detenía. La acción de uno era seguida de una reacción inmediata de su contrario. Cada defensa, un ataque. La tregua hacia el otro había desaparecido.

Martín logró detener un ataque de Dago, haló su brazo y lo derribó con una zancadilla. Dago aprovechó la caída para dar un giro en barrido que a su vez tumbó a Martín. Ambos se levantaron de prisa. Volvieron a quedar frente a frente, moviéndose en círculos, manteniendo la guardia.

—¡Pueden usar armas! —gritó Hu. La señal los hizo correr a la esquina de tierra, donde, deliberadamente, la maestra había dejado un par de ellas. Dago tomó el machete y Martín la lanza con punta de metal. Se atacaron.

Hubo roces hirientes. En breve, Martín mostró un corte en el hombro y Dago un pinchazo en la pierna recién curada, pero ambos demostraron contención y buenos reflejos para esquivar o bloquear a tiempo un golpe mortal. Dago, insatisfecho por no permitirse cortarle la cabeza a Martín con su sable, arrojó el machete a un lado, encarando a su oponente con las manos vacías. Martín hizo lo mismo con su lanza y le mostró sus palmas.

Dago chocó sus manos contra las de su rival, garras enlazadas en postura del jinete. Intentaron derribarse, los pies clavados en la tierra. Músculos, dientes, venas, tendones, se marcaban en la fricción como si una ola de energía colisionara en el pulso de los hombres, midiendo fuerzas. Continuaron empujándose. Los gruñidos se convirtieron en gritos, en un eco que ahuyentó a las bandadas de pájaros posadas en los árboles de la finca. Ninguno cedía a pesar del temblor de sus brazos, la tensión de sus piernas y la expresión de sus rostros. El sudor bañaba sus cuerpos. Las miradas de ambos se reflejaban cortantes en los ojos del otro. Sangraban por sus heridas.

—¡Basta! —gritó *sifu*—. Ambos maestros, ya no aprendices. Quiero que cada uno entregue puentes al otro. Dago, enseña a Martín los meteoros que caen y el puño de hierro, y Martín, enseña a Dago la patada sin sombra y las diez manos asesinas.

Desgastados, en un pacto necesario, redujeron la fuerza del empuje y la intensidad gradualmente, hasta separar las palmas en un indeseado armisticio.

—¿Y luego de esto qué?, ¿volvemos a pelear? —cuestionó Martín, jadeando, sacudiendo los brazos y piernas evidentemente acalambrados.

—¡No! —contestó Hu.

—Lo siento, *sifu*, pero no entiendo… —intervino Dago con gesto de indignación, mientras se frotaba las heridas.

Son maestros *hung gar*, sin duda, pero yo soy la Gran Maestra *hung gar*. Hagan lo que digo.

—¡Esto es absurdo! —insistió Dago—. Años preparándome y ahora debo compartir mi técnica con este que tiene un año en la escuela.

—Cuando yo boxeaba —dijo Martín señalándolo—, tú apenas te comías los mocos en el colegio...

Dago, como un látigo, lanzó un ataque de mantis contra el pecho de Martín, que le cortó el aire por un instante. Reaccionó trabándole el antebrazo a Dago con una torsión de grulla.

—¡Basta! ¡Basta! —gritó Hu desesperada, pero sus discípulos la ignoraron.

Dago se zafó y tomó a Martín por el cuello, quien hizo lo mismo. Apretaron con las garras del tigre, intentando asfixiarse mutuamente. Ninguno cedía. La expresión animal de sus rostros indicaba que no soltarían hasta que el otro cayera desmayado o muerto.

De pronto, el sonido de un golpe seco. Y otro. Y otro. Y un alarido ensordecedor.

Hu había tomado la lanza y los golpeaba en la cabeza con la madera, enloquecida. Los hombres reaccionaron y, al soltarse, cayeron al piso dando arcadas mientras recuperaban oxígeno, intentando pararse para retomar la pelea. Hu corrió hacia la casa. Volvió enseguida con un balde de agua, vaciándolo encima de ambos.

—¡YAAAAAAAAAAAAAAAAA!

Martín y Dago se frenaron sentándose en el piso encharcado, con aspecto de perros callejeros bajo un aguacero. Hu los despachó con la mano sin lugar a reproches.

—¡Se levantan y cambian técnicas-puente!

El sol asomaba opaco entre las nubes negras, mientras los hombres, en silencio, volvieron al centro del patio para compartir sus técnicas secretas bajo la mirada impasible de la maestra. Pasado un buen rato, se plantaron con resignación frente a ella a esperar las nuevas orientaciones. Parecían dos soldados que volvían de la guerra, sucios, con los uniformes rotos y marcas, cortes y moretones por todas partes.

—Mil disculpas por lo anterior, *sifu* —dijo Dago.

—Umjú —secundó Martín sin abrir la boca.

—También quería decirle que… —prosiguió Dago—, luego de conocer las cuatro técnicas-puente no noto el cambio.

—Unos rosetones en su cuello empezaban a oscurecerse.

«Aún no lo comprende», pensó Hu todavía enojada. «Su cabeza está en otro lado».

—¿Creíste que ibas a convertirte en un *Dragon Ball* de esos que tú ves, echando fuego amarillo? —respondió Martín, riéndose entre espasmos de tos. Dago ignoró el comentario.

—Es extraño. Pensé que…

—¿Y qué si no hay fuegos artificiales? —lo interrumpió de nuevo Martín—. Ahora conocemos las cuatro técnicas. Somos mejores peleando.

—Pero ¿y el *Báihǔ Kyun*? —insistió Dago.

—¡Maestros! —intervino Hu—. Porque no vean algo, no significa que no exista.

Hu se encaminó al pequeño estanque aledaño al patio, se agachó en el borde y regresó con una flor blanca rosácea en la mano.

—La flor de loto es flor de pantano. De lo malo nace lo bueno. De lo oscuro, la luz. Creció en el lodo, se alimentó de él y del sol y la lluvia. Cosas que no son la flor. ¿Es esta flor un pantano o el sol? No, pero el pantano y el sol están dentro de ella.

—*Sifu...* —dijo Martín, alzando y dejando caer los hombros, evidentemente perdido.

Hu lo miró y lanzó la flor al piso.

—Las técnicas-puente no son el *Báihǔ Kyun,* pero son parte de él. La semilla contiene ya el árbol. Causa y efecto... Esperen aquí.

Hu entró en la cocina. Sin demora, volvió con un frasco de vidrio con un líquido espeso verde. Untó dos paños de tela y le entregó uno a cada maestro.

—La técnica es la forma de liberar energía. No se trata de conocerla sino del modo de ejecutarla... —Hu señaló los frascos con la boca—. Pongan cataplasma en heridas. Descansen hoy, mañana entenderán mejor.

—Yo me voy de una vez, gran maestra. Aquí le queda otro maestro, por si le hace falta.

—Sin soberbia, *sifu* Dago —contestó Hu.

—Cuando quieras lo intentamos de nuevo, maestro Dago —dijo Martín. Se había quitado los retazos de camiseta blanca y, con ella, se había cubierto el hombro, tiñéndola de rojo—. El maestro Martín aquí te espera con sus cuatro técnicas-puente.

—Cuando quieras, ma-es-tro. Pero hoy me cambio y me largo —Dago se dio la vuelta rumbo al interior de la casa.

«Un tigre blanco…, y un tigre negro. Quién lo diría», pensó Hu, asintiendo, como si hubiera desvelado un misterio por siglos oculto.

XLVII

EL CERCO

Llevaba media hora sentado en la parte trasera del bus. La gente se impacientó y se bajó hasta dejarlo solo. Durante ese tiempo, Dago anduvo abstraído. Pensaba en cómo engranar las cuatro técnicas-puente, buscándole sentido al *Báihǔ Kyun*. Ni siquiera revisó el teléfono, que empezó a vibrar al recuperar cobertura.

Se acercó a la ventanilla, que semejaba un mapa con retazos descoloridos de papel polarizado. Vio a unos hombres con armas largas que rondaban el terminal. Detenían a la gente para interrogarla. Reconoció a uno, rechoncho y sudoroso, que estuvo en la casa de Hu el día que llegaron. El Buitre, creyó recordar.

—Bájese, amigo, no hay paso a Caracas —le indicó el chófer en voz alta, mirándolo por el retrovisor.

—¿Qué es lo que pasa? —preguntó adormilado, saliendo del sopor. El combate con Martín lo había agotado. Ya no sangraba, pero el cuerpo le olía a la cataplasma verde de Hu, como a mentol y fango.

—El Colectivo. Anoche le quemaron su hacienda, no saben si fue la Contra o alguna banda rival. ¡Por fin alguien jode a esos hijos de puta! Tienen tomado el pueblo, así que vaya con cuidado.

Dago se levantó de su asiento, se puso el morral en la espalda, mientras el chófer apagaba el motor de la unidad. Recordó haber visto bomberos en la vía. Podría escurrirse. Pasar desapercibido para unos tipos como esos. Rei y Aníbal le habían enseñado a mantener el perfil bajo, a disimular su condición de maestro de artes marciales. No le quedaba otra opción que devolverse a la pequeña finca de Hu y esperar al día siguiente.

«Maldita sea», pensó mientras bajaba del bus. Se mezcló con el mar de pasajeros y salió del terminal tratando de esquivar a los hombres armados. Lo cierto era que no tenía idea de lo que había pasado ni le interesaban esos conflictos entre bandas. Suficiente había tenido con el secuestro de Mei y la muerte de Boris.

La parada de camionetas para el retorno a la finca estaba a menos de dos cuadras. Ya había atravesado la puerta principal de salida hacia la avenida cuando oyó tras él:

—¡Epa, epa, tú! Párate ahí.

Se detuvo. Fue abordado por un hombre y una mujer armados con fusiles más grandes que ellos.

—¿Quién eres tú, *pa'* dónde vas? —preguntó la mujer, vestida con camiseta camuflada y gorra verde igual, que cubría una cabellera ensortijada teñida de un escandaloso amarillo.

—Tranquila, amiga. Me estaba volviendo a Caracas, pero no hay paso.

—Muéstrame la cédula —insistió la mujer.

—¿Y tú eres policía?

La mujer arqueó las cejas y se humedeció los labios. Alzó el fusil.

—¿Tú te la tiras de arrecho? Te vas a joder.

—¡Alina! —Gritó un tercer hombre, que se acercó a donde estaban—, déjalo que ese es uno de los peones de la bruja china.

La mujer a la que llamaban Alina bajó el arma frunciendo la boca.

—Dame algo *pal* refresco, pues —pidió el acompañante de Alina—; una colaboración, camarada, que nos dejaron en la calle.

Dago se quitó el reloj de Batman y se lo entregó. A pesar de todo, no le sorprendió su desapego.

—Es todo lo que tengo.

***

Mientras Dago se alejaba caminando por la acera rumbo a la parada de retorno, unos ojos entrenados que vigilaban el terminal seguían su trayectoria. Lo detectaron mientras se zafaba del Colectivo. De los cuatro hombres que montaban guardia desde la camioneta negra, fue Han quien señaló para que los otros lo vieran. Era el cazador más metódico del grupo: no se distraía, no hablaba, no pestañaba.

Nubarrones ennegrecidos advertían la inminencia de la lluvia. Dago subió deprisa al transporte que cubría la ruta en dirección a la finca de Hu. El otro vehículo, conducido por el chófer del maestro Zhang, comenzó a seguir a la desvencijada y ruidosa unidad de transporte público.

—Vas a caer, Mustang, maldito —murmuró Miky mientras verificaba con disimulo su pistola oculta bajo el ruedo del pantalón. «Sin armas», le había dicho el tal Han. Le puso esa condición. Era un cabrón desconfiado y le «guardó» el cuchillo de caza. Miky se lo entregó con rabia mal disimulada, pero quería encontrar a Mustang y había conservado la pistola. El maestro Zhang iba de copiloto en el asiento delantero de la camioneta; ellos dos, en la parte de atrás.

Dago se bajó frente a la entrada de tierra antes de la curva de desvío a la finca, con algunas ideas dispersas para armar el esquema. Nada aún que creyese revelador de una forma suprema. Lo que sí tenía claro era la versatilidad que le daba el dominio de nuevas técnicas letales, avanzadas.

—Es frustrante y fascinante a la vez —se dijo hablando solo, distraído, aún sin percatarse de que lo venían siguiendo. El viento frío levantó polvaredas, trayendo consigo las primeras gotas de una tormenta que anunció el parpadeo de un rayo seguido de un trueno a lo lejos.

Al llegar a la casa vio en el porche a *sifu* Hu bebiendo el té con Martín, que lo miraba alzando las cejas con asombro. Por un momento pensó, al ver la casa, que, a su modo, más que una finca, era un templo.

—No hay paso a Caracas —dijo cortante desde la distancia.

—Trajiste compañía —respondió *sifu,* que se puso de pie casi al mismo tiempo que Martín, al ver la lujosa camioneta negra que se asomaba subiendo la cuesta. Gou, el perro amarillo de Hu, amarrado a una de las columnas del porche, gruñó mostrando los dientes.

XLVIII

Báihǔ Kyun

El chófer se quedó adentro de la camioneta negra, estacionado en la entrada de la finca, mientras los tres hombres se bajaban. Miky, el líder de los Pegadores; Han, el Dragón del Norte; y Zhang, jefe de la tríada de los Guardianes. Frente a ellos estaban Hu, Dago y Martín.

—Señores —dijo Hu acercándose con sus discípulos—. ¿Qué buscan?

—El señor Han y yo hemos venido a que compartan con nosotros las técnicas-puente, si son tan amables. En cuanto a él —dijo Zhang, volteando en dirección a Miky—, tiene asuntos pendientes que resolver con uno de tus discípulos.

—Entiendo —respondió Hu. Se percató de que el viejo maestro llevaba un objeto metálico aferrado al puño derecho—.

Si usted es hombre de honor, sabe que esto se arregla en combate limpio entre ellos.

—Mejor vivir un día con honor que cien años en deshonra. Por eso estoy aquí, *sifu* Hu. Por honor. Finalmente, luego de tanto tiempo…

Zhang inspiró profundo, observando la vegetación que rodeaba la finca. Luego acercó su corpulencia a la delgada Hu. La miró a los ojos.

—El maestro Han viene a retar a tu discípulo Dago y los Pegadores resolverán sus diferencias. Pero usted y yo también las nuestras.

Zhang comenzó a desabotonarse la camisa de lino blanco con la mano libre. A medida que la abría, iba dejando al descubierto, en su prominente torso y abultada barriga, unas deformes cicatrices y manchas de quemaduras, como si fuera otra piel con agujeros. Se despojó totalmente de la camisa. Su cuerpo parecía teñido de rojo oscuro. Hu lo observaba con asombro.

—No sabes el dolor que has causado, mujer…

—No puede ser… —murmuró Hu, cubriendo su boca con una de sus manos huesudas.

Zhang dejó caer el objeto que llevaba en la mano a los pies de Hu. Se quitó los guantes negros. Mostró sus manos marcadas, deformes.

Hu miró, con las pupilas dilatadas, el cuerpo quemado del maestro Zhang y el objeto a sus pies. Una punta de lanza de metal color gris plomo. Se acarició la cicatriz en el rostro, que aún podía notarse a pesar de las arrugas.

—¡Hierba de acero!

—Esa noche en el templo yo marqué tu cara con mi lanza, pero tú me dejaste inconsciente y las llamas me alcanzaron. Tu maestro me salvó de una muerte segura. Me adoptó como discípulo por vergüenza, por la deshonra que causó tu robo. Él fue quien encontró la punta de tu lanza junto al bastón carbonizado. Le juré que recuperaría las técnicas-puente, pero a mí mismo, que te mataría con mis manos.

—Lo lamento, maestro Zhang. Yo no quise... Era muy joven...

—¡Que comience el combate! —la cortó Zhang, mientras se desataba la lluvia.

No hubo tiempo de ceremonias ni nadie quiso dar ventaja a su adversario. Los seis avanzaron al encuentro de su rival. El choque fue violento, atronador. Miky y Martín intercalaban el boxeo a mano limpia con la pelea callejera. Han y Dago imprimían una fuerza descomunal a cada intercambio de Dragón y *hung gar*. Los maestros Zhang y Hu se atacaban sin contemplaciones ni reparos por la edad.

El chófer de Zhang bajó el vidrio a pesar de los goterones que entraban al vehículo, atraído por el frenético enfrentamiento, los agarrones, empujones y los golpes sin pausa. También le pareció ver, entre la polvareda que levantaban los peleadores y la pared de lluvia, el vuelo de un diente que salió disparado, trazando un semicírculo, hasta caer al piso.

En medio del fragor, Martín notó que Han avasallaba a Dago, quien se negaba a utilizar las técnicas-puente, tal vez intuyendo que Han las descifrara. Era un rival al que había que temer, quizás el más duro al que Dago se había enfrentado nunca. En ese instante, Miky, aprovechando la distracción de Martín, le conectó un *upper* en la mandíbula que lo descolocó, el tiempo justo para que lo rematara con un gancho al estómago. Lo abrazó en una llave de lucha libre y comenzó a golpearlo en la cara.

La ira de Martín se diluyó en un envión anímico, al ver que su rival no lograba derribarlo. Sin desespero, aunque aturdido, se zafó de la llave, le clavó un codazo en el pecho a Miky y lo tomó por el cuello. El filo de una de las puntas del collar que llevaba puesto se clavó en la palma de su mano, haciéndole un corte que no sintió. Aún con el metal perforando su piel, hundió sus dedos en el collar que antes perteneció al Perro. Haló el cuero, y arrancó también un segundo collar de cuentas, oculto debajo de este. El polvo de los muertos se esparció como una pequeña explosión.

No le afectó. Martín aspiró profundo, como un toro a punto de embestir. Escupió una saliva negra. Constató que ya no era débil ante las artes oscuras. El polvo le irritó los ojos. Aguzó el oído y ubicó al pegador sin verlo, bastándole asestar el puño de hierro, una de las técnicas aprendidas de Dago, para dejar a Miky tendido en el piso sobre sus cuentas y collares. No quedó rastro de brujería.

Se volvió en dirección a Dago. Recogió el collar de puntas y se enrolló el cuero en la mano, cubriendo la hemorragia que le había ocasionado la perforación con la punta de metal.

Martín intervino con sigilo desde atrás, a la vez que Dago resistía un brutal e imparable ataque del dragón verde. Sin previo aviso, entró con todo. Martín golpeó al dragón con las técnicas-puente y le clavó las puntas de metal del collar en los costados. Logró neutralizarlo. Han cayó. Parpadeó varias veces en el suelo y volvió en sí del momentáneo *blackout*. Se incorporó lamiendo la sangre que manaba de su boca.

Han se abalanzó de nuevo sobre Martín. Este le volvió a aplicar una secuencia de técnicas-puente que lo dejó tumbado entre los charcos de lluvia y su propia sangre. Para incredulidad de Martín y Dago, el dragón se levantó de nuevo mostrando sus heridas sangrantes.

—¡Gracias por tus ataques! —gritó Han—. ¡Ahora conozco tus técnicas-puente, estúpido! —Subió la guardia y se plantó frente a Martín y Dago.

Entretanto, el combate de los viejos maestros proseguía a pesar del daño que se infligían el uno al otro. Zhang atacaba rabioso a la maestra con pesados manotazos, y esta se defendía con vigor, bloqueando y golpeando, hasta que ambos se abrazaron en una llave que sofocó a *sifu* Hu.

—Esto acaba hoy, Hu —le dijo Zhang susurrante cerca de su oído, mientras la maestra intentaba zafarse del agarre.

—Así..., será... —replicó Hu, casi sin aliento, y le mordió la oreja. Zhang gritó y la apretó más, pero la maestra le arrancó la mitad del cartílago, escupiéndolo al piso. El hombre se cubrió la herida con una mano. Con el otro brazo mantuvo el agarre a la maestra aprovechando su corpulencia. Hu movió su mano lentamente, acercándola a la altura de los ojos de Zhang, cerrados a causa del dolor. Le clavó sus largas y curvadas uñas y le perforó la piel sobre los párpados. Zhang gritó de nuevo, aflojando los brazos. Al separarse de Hu, ambos se desplomaron. Quedaron tendidos uno al lado del otro.

El enfrentamiento entre Dago, Martín y Han no era ya una pelea sino una danza violenta. Al ver a la maestra caer, sus discípulos intentaron ayudarla, pero el Dragón se interpuso.

—Maestros… ¡*Báihǔ Kyun*! —gritó Hu desde el piso. Antes de desfallecer, movió los labios llenos de sangre. Balbuceó algo que solo ellos captaron.

«Cree».

Y como si el llamado de Hu los hubiera iluminado cual faro en un mar embravecido, Dago y Martín cambiaron de actitud. Se miraron fugazmente, pero ese segundo bastó para saber que habían alcanzado un nivel de entendimiento superior. Han lanzó un ataque sobre Martín, que lo esquivó sin dificultad. Luego, sin decir nada, se apartó del combate. Dago asintió, y similar a un padre que controla a un niño desbocado, acorraló a Han sometiéndolo con golpes certeros. Sus movimientos fluían con naturalidad, sin esfuerzo, y eran leídos por Martín, incluso antes de que Dago los diera.

Antes de dar fin al combate, un traquetear metálico y una voz amortiguada por la lluvia los detuvo.

—¿Ajá, y entonces? ¿Quién de ustedes es el puto tigre? —gritó Miky desde el suelo enlodado. Tenía pintada una sonrisa fruncida en la cara hinchada, mostrando solo sus largos dientes incisivos. Apuntó hacia los tres con la pistola que llevó oculta a la finca. Movió el cañón, alternando de uno a otro.

XLIX

CEREZO EN FLOR

El monje vio la figura a través de la ventana, y creyó que era la silueta de algún alumno aventurándose en la nieve. Confundió el rosa blancuzco con una túnica. Se apresuró a ponerse el grueso abrigo de piel para sacar al desobediente aprendiz del patio y aplicarle algún castigo. No estaba permitido salir del templo en medio de la tormenta.

Abrió el portón. El frío y la nevada lo envolvieron, helándole el cuerpo como si estuviera desnudo. Miró con dificultad los árboles durmientes del jardín, cubiertos de blanco, con el telón de fondo índigo y plomo del cielo. A medida que avanzaba, sus botas se hundían en el hielo. Al acortar la distancia, cayó en la cuenta de que no se trataba de una persona.

«Pero ¿cómo?».

El monje no daba crédito a lo que veían sus ojos, así que los cerró y abrió de nuevo. La gélida brisa intentaba frenarlo en vano. Se abrió paso entre troncos y ramas secas para alcanzar la solitaria nube de pétalos como gotas de sangre. Bajo la sombra de uno de los arcos del patio norte del nuevo Templo del Sur, en el invierno más frío del que tuviera memoria, había florecido un cerezo junto al resto de los árboles secos.

Se detuvo bajo el arco, frente al cerezo, e hizo una reverencia juntando sus manos. En la cima del arco, se podía leer una placa con versos del profeta Tui Bei Tu:

«*Yin y yang* corren en rumbos opuestos; el sol y la tierra están dando vueltas.

El cielo se despeja de nuevo».

El monje forzó un intento de carrera hacia el campanario. Se plantó frente a la campana de bronce de dos metros y medio de altura, tallada con figuras y formas de los animales sagrados del *kung fu*, haló el tronco horizontal colgante a modo de ariete, y lo columpió hasta golpear repetidas veces el metal de la campana.

Regresó al interior del templo lo más rápido que la nieve le permitió. Creyó que iba a expulsar los pulmones por la boca. Vio luces encendidas. Lo estaban esperando. El cerezo florecido en invierno era la señal inequívoca de que el *Báihŭ Kyun,* la forma suprema del gran maestro Wong Fei Hung, había sido desvelado.

L

LA SERPIENTE SE MUERDE LA COLA

Martín comprendió que a esa distancia no había posibilidad de detener a Miky sin que antes disparara. Vio que finalmente el cañón del arma se detuvo en dirección a él. La pelea de Han y Dago se paró de forma abrupta. El silencio volvió a apoderarse de la finca.

«Va a matarme», pensó Martín sin temor alguno. Lo miró directo a los ojos rojos. Percibió un atisbo de duda en su expresión. Se oyó un golpe seco.

Sucedió en cuestión de segundos. Los ojos de Miky se desorbitaron y dejó caer el arma. Se desplomó. El mango de un cuchillo de caza dentado sobresalía de su cuello, chorreando sangre. Martín y Dago voltearon a ver a Han, quien aún mantenía el brazo derecho estirado, luego del preciso lanzamiento.

«Lo mató».

—Soy un guardián de la forma suprema y ustedes portan el *Báihǔ Kyun* de Wong Fei Hung —Esa fue toda su explicación.

—¡Vete, Han! —dijo Dago—. Tu misión aquí terminó. Nosotros devolveremos ese conocimiento a donde pertenece. Tienes mi palabra.

Han saludó con la mano y el puño, levantó a un inconsciente Zhang como si fuera un saco de cemento, y con ayuda del chófer lo montó en la camioneta dejando tras de sí rastros de sangre. El vehículo arrancó a toda velocidad, atravesando los pozos formados por la lluvia en el irregular camino de tierra.

El cuerpo de Miky yacía inerte en un charco rojo. A pocos metros, Hu se hallaba inmóvil como un fardo a la intemperie. Gou, el perro, se estiraba hasta donde la cadena le permitía emitiendo gemidos desesperados. Entre Martín y Dago cargaron a la maestra. La llevaron adentro de la casa y la acostaron en su cama. Mientras la limpiaban con una toalla, abrió los ojos.

—La llevaremos al hospital, en mi moto, *sifu* —indicó Martín—. Beba un poco de agua.

—No, no… Mejor mi miel curativa…, y la cataplasma verde… ¿Ganamos?

Ninguno dijo nada hasta que al fin Dago, luego de respirar profundo, contestó.

—Bueno, sí. Pero hay un hombre muerto en el patio.

—Lárguense —dijo la maestra, no sin esfuerzo—. Llamen a la policía… digan…, digan que bruja Hu mató a un intruso en su casa. A esta anciana indefensa nadie la va a meter presa. A ustedes, sí.

—*Sifu,* no… —insistió Dago.

—*Bróder...* —se dirigió Martín a Dago— si la dejamos aquí, se la lleva la parca.

—Soy una bruja, ¿no? ¡Fuera!

Los discípulos de Hu se miraron y asintieron con pesar. Martín buscó la miel curativa, se acercó con una cucharilla y le dio un sorbo a la maestra. Pareció sentarle bien. Dago le untó la cataplasma verde en las heridas que previamente le habían limpiado. La maestra cerró los ojos, lo cual les preocupó, pero de inmediato la oyeron roncar. Decidieron abandonar la habitación para dejarla descansar. Se detuvieron en el umbral del cuarto.

—¿Qué hacemos?

—Aceptar su propuesta, *bróder*. Hay un muerto en la finca.

—¿Y si lo enterramos? —propuso Dago.

—Qué va, la anciana tiene razón. Mientras más rápido nos piremos, mejor.

—Vale, vale. Entonces llamamos a la policía y luego a Rei y Aníbal para que vengan a atenderla.

—Plomo.

Martín salió primero. Encendió la moto. Al ver a Dago cargando los bolsos de ambos, le hizo señas para que subiera. Le echó un último vistazo a la casa y luego al hombre muerto, el pegador asesinado con su propio cuchillo. Miky, su última culebra del pasado.

—Qué vaina, *carerratón*. —No sintió alivio. Para él, los Pegadores fueron su familia de crianza, de calle. Pero también eso había cambiado. Ahora era miembro de la familia *hung*.

Dago se subió a la motocicleta. Había escampado. Aceleraron esquivando los charcos de una carretera desolada y gris, rumbo a Caracas. Dejaron la finca atrás, pero, en cierto modo, pensó Martín, ese final abría un nuevo comienzo.

VIEJOS SUTRAS, NUEVOS PERGAMINOS

A diez mil metros de altura, sin la sensación de vértigo que le ocasionaron los primeros minutos de vuelo, Martín se atrevió a volverse a su derecha e inclinarse para mirar a través del cristal de la ventanilla que Dago mantenía abierta. Apenas pudo ver parte del ala que dividía al cielo en dos: arriba, azul infinito y, debajo, una alfombra de nubes blancas. Se frotó las manos hundiéndose de nuevo en su asiento. Esperaba que la aeromoza pasara pronto con alguna bebida, preferiblemente con alcohol.

—¿Nervioso, *sifu* Martín? —Dago lo palmeó en el hombro, dedicándole una ancha sonrisa mientras colocaba en sus piernas una consola portátil de videojuegos recién comprada.

—¿Yo? ¡Qué va! Ni que fuera la primera vez.

—La segunda. La primera fue el viaje de ida. Todavía no te han crecido las uñas que te comiste.

—Bueno, ya, córtala. No me hago a la idea de volver a Caracas luego de un mes en China.

—Te entiendo, pequeño saltamontes. No todos los días una embajada te financia un viaje. Pero agradece la experiencia. Ayudamos a recrear los sutras para el nuevo templo y nos dimos el lujo de entrenar con los maestros del sur de China —Dago chasqueó los dedos y adoptó una expresión más seria—. ¿Has pensado qué harás al llegar?

«Buscar a Meiling».

—Supongo que trabajar, *bróder*.

Divisó aliviado, al fondo del pasillo, a dos aeromozas vestidas de negro y rojo que arrastraban un carrito plateado ofreciendo bebidas a los pasajeros. Todo había sido tan abrumador que parecía que había vivido mil vidas al llegar a este punto.

En el nuevo Templo del Sur, llamado también Monasterio del bosque joven, por erigirse en uno de los cinco montes sagrados de China, los recibieron como respetados maestros de *hung gar*. A la entrada, custodiada por tigres y dragones de piedra, los esperaban los monjes y grandes maestros herederos del legado de Bodhidharma.

Celebraron con festividades y ceremonias la entrega de un nuevo manuscrito con las técnicas-puente de Wong Fei Hung, que se creyeron perdidas para siempre en el incendio del viejo templo. Les ofrecieron vida de monjes guerreros durante un mes.

Practicaron técnicas avanzadas de *Shaolin Chuan* y de budismo *chan,* «mejor conocido como budismo *zen»*, le explicó Dago, lo cual le daba igual. Martín se enfocaba en la práctica, no en los nombres complicados. Se mantuvieron bajo el estricto principio *Ahimsa* de no violencia y vegetarianismo. Han, el

Dragón del Norte, entrenó con ellos. Pero ahora Martín debía volver a la vida real en su taxi de dos ruedas.

—¿Qué te parece la idea de montar un gimnasio juntos? —le lanzó Dago a quemarropa.

—¿Una escuela de *kung-fu*? —preguntó Martín con asombro.

—No, de boxeo… ¡claro que de *kung-fu*!

Martín se quedó mudo.

—Mira, sé que no somos los mejores amigos, pero tampoco lo fueron Rei y Aníbal en su época, y ya ves que mantuvieron la escuela. Si ellos pudieron, nosotros también. Tengo unos ahorros…, quisiera alquilar un sitio cerrado, no en el parque.

Martín lo meditó un instante tratando de procesar el ofrecimiento.

—No lo sé, Dago —respondió finalmente mirando hacia la ventanilla—. ¿Por qué querría yo montar un gimnasio contigo? ¿No volverás al restaurante?

—Ambos conseguimos las técnicas-puente y desciframos el *Báihǔ Kyun* —dijo Dago cortante—. Rehacer los pergaminos juntos salió bien. Qué decir de todos los combates para llegar aquí.

Martín resopló sin decir nada.

—Piénsalo, tigre. Funcionamos mejor en equipo que de rivales. En todo caso, este conocimiento nos fue revelado para enseñar el camino correcto a otros. Montar la escuela es la decisión lógica.

La señal de abrocharse los cinturones se prendió encima de los asientos. Se adentrarían en una zona de turbulencias según lo anunciado por el piloto.

—Lo pensaré. Podríamos llamarlo gimnasio de defensa personal Mustang el Verdugo…

—Se llamará *Tid sin kyun,* como la forma del hilo de hierro. Escuela *Tid sin kyun* de *hung gar kung-fu*.

Martín asintió un par de veces. Vio con resignación cómo las aeromozas que ofrecían los tragos retrocedían a resguardarse. El avión se sacudió.

—¡Joder! Los tigres no vuelan —fue su respuesta, aferrándose a los reposabrazos.

EPÍLOGO

SAMSARA

Al aproximarse al desvío de tierra que antecedía la entrada hacia la finca de Hu, Martín y Dago vieron desde la moto al maestro Aníbal con un machete en la mano. Encaraba al Buitre y a otro de sus hombres que dejaba a la vista la culata de una pistola en el cinto.

«El Colectivo se reagrupa», pensó Martín.

—Ya le dije que venimos a visitar a la Bruja china. Dicen que está muriendo, nos debe la causa. El Colectivo se quedó sin sede y reclamaremos la finca. ¡Así que guarde ese machete! —gritó el Buitre, amenazante.

—Es mi herramienta de trabajo —dijo Aníbal alzándolo, apuntando claramente a la mano derecha del hombre armado—. Soy el nuevo dueño de la finca, así lo dispuso mi tía Hu.

—¡Pero tú no eres chino! —dijo el Buitre enrojeciendo de rabia.

—Y tú no eres gente, así que fuera, ¡no los quiero aquí!

El hombre armado se llevó la mano a la culata cuando Dago y Martín saltaron de la moto rodeando a los miembros del Colectivo. Aníbal, para sorpresa de su discípulo, se levantó la franela blanca con la mano izquierda, sin dejar de empuñar el machete con la otra, dejando ver la mitad de un revólver oculto en su pantalón.

«¡Maestro!», pensó Martín asintiendo.

El hombre del Colectivo separó lentamente su mano de la culata, y tanto él como el Buitre caminaron hacia atrás en dirección a su vehículo.

—Todo ha sido un malentendido entonces —dijo el Buitre antes de ingresar al todoterreno.

—Sí tú lo dices.

—Yo lo digo, camarada. Nos vemos por ahí.

—Por ahí nada. Yo no soy camarada tuyo. Se me pierden de aquí —respondió Aníbal a secas.

—Por ahora... —amenazó el Buitre. Cerró la puerta y se alejaron por la carretera principal.

Subieron la cuesta, Dago y Martín en la moto y Aníbal caminando. Era extraño ver la casa de Hu concurrida. Tanto en el porche como adentro de la vivienda había caras desconocidas, probablemente vecinos, mientras otras más familiares los invitaban por medio de señas a acercarse. Parecía un velorio anticipado. Ocho semanas habían transcurrido desde la pelea que había postrado en una cama a la maestra.

Una hilera de sillas estaba dispuesta frente a la habitación. Lograron ver a Meiling y a Eloísa conversando en voz baja mientras bebían café en pequeños vasos de plástico. Eloísa, visiblemente emocionada, se levantó al reconocerlos.

—Muchachos, ¡qué bueno verlos! —dijo en un tono a medio camino entre un susurro y un grito. En cierto modo, Martín sintió como si quienes llegaran fueran otros, no el Martín y el Dago del parque, sino dos antiguos maestros que regresaban desde muy lejos.

—¿Cómo sigues de la herida? —le preguntó Dago.

—Pues ya no podré ser modelo de relojes, pero no me quejo.

Mientras hablaba, Eloísa levantó su antebrazo y dejó ver la larga cicatriz que le había dejado el cuchillo de Miky. Martín levantó el dedo pulgar derecho en señal de aprobación, mientras con su índice izquierdo señalaba su vieja cicatriz en el mentón.

—No…, no había visto el daño que te hizo… —dijo Dago consternado.

—Tú nunca ves lo que te conviene —le respondió Eloísa con una mirada intensa que sonrojó a Dago. No llevaba cresta y el cabello le caía hacia un lado.

—Eso se puede arreglar —respondió él guiñándole un ojo—. El próximo café te lo tomas conmigo.

«Vaya, vaya», pensó Martín. Desvió la mirada y se cruzó con la de Meiling.

Ella se levantó y los abrazó a ambos. Antes de que Martín dijera nada, Meiling lo tomó de la mano. Dago vio el gesto y bajó levemente la cabeza en señal de aprobación.

Eloísa se les unió. Pasó al cuarto de *sifu* empujando a Dago. Mei y Martín aguardaron en el umbral.

—¿Qué has sabido de Zhang? —le susurró Martín al oído.

—Desapareció. Aunque mi padre cree que la tríada lo…

—¡Entren de una vez! —les gritó Aníbal tras ellos.

Los giros del ventilador no amainaban el calor que hacía dentro. La habitación estaba iluminada por velas. Una de las personas que acompañaba a *sifu* Hu entonaba un ritual budista en voz baja. Era el maestro Reinaldo. Al pie de la cama se encontraban J.J. y Pablo. «El gordo y el flaco», pensó Martín al verlos. El maestro Aníbal fue el último en entrar. Cerró la puerta pasando el cerrojo.

Rei saludó con una mano, sin dejar de orar. Dago y Martín avanzaron para darle sus respetos a la gran maestra. Inesperadamente, la anciana abrió los ojos con una mirada que le llevaba la contraria a su grave semblante. Habló con voz áspera y quebrada.

—No me lloren…, un cobarde no puede llegar a ser un tigre… Sam..., sara… Sam…, sara.

—¿Qué dice? —preguntó Martín.

—Samsara, el ciclo de vida, muerte y reencarnación —respondió Rei dejando de orar. *Sifu* Hu volvió a murmurar:

—¿Cuál era la pregunta sin respuesta?... Ahhh… ¿Cómo hacer que un guerrero adquiera el alma de un Buda?

—El fin está cerca —comentó Rei, despidiéndose de *sifu*. Aníbal, Dago, Martín, Eloísa, J.J., Pablo e incluso Meiling lo imitaron con el saludo del guerrero *hung gar*, anteponiendo la garra izquierda al puño derecho y bajando la cabeza. *Sifu* Hu suspiró con alivio y cerró los ojos. Sus últimas palabras fueron:

—Todos son tigres.

ÍNDICE

Carlos Patiño (Caracas, Venezuela 1978), es abogado, escritor y activista por los derechos humanos. Ha publicado los libros de cuentos *Te mataré dos veces* (2014), y *Los círculos concéntricos y otros relatos* (2020). En 2015 obtuvo el Premio de cuento "El Nacional" en su 70° edición. En 2016 fue escritor residente del International Writing Program (IWP) de la Universidad de Iowa y escritor invitado de City of Asylum en Pittsburgh. Varios de sus textos han sido publicados en revistas y antologías. *La forma del tigre* es su primera novela.

Otros títulos de la **Colección de Narrativa**

Al lado del camino

La señora Varsovia

Raquel Abend van Dalen

La mujer pantalla

Milagros Sefair

Los pájaros prisioneros solo comen alpiste

Miguel Antonio Guevara

Manual de autoayuda para náufragos

Marjiatta Gottopo

Ventanas panorámicas
Luis Manuel Pimentel

Mamás por WhatsApp

Sol Linares

LP5
EDITORA

http://lp5.cl/

http://lp5blog.blogspot.com/

https://lp5editora.blogspot.com/

@lp5editora

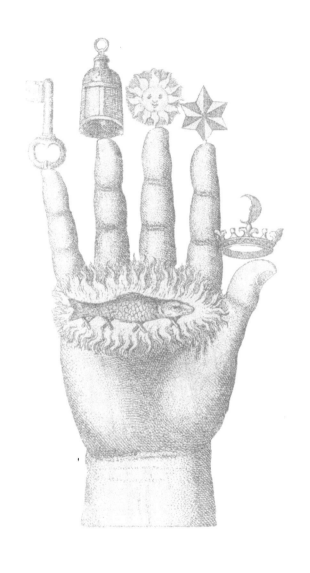

Made in the USA
Monee, IL
29 July 2024

62753899R00246